청춘은 기묘한 것이다.
외부는 빨갛게 빛나고 있지만,
내부에서는 아무것도 느껴지지 않는다.

– 사르트르

상대,
지금 이 순간도
삶이다

이영미 지음

RHK
알에이치코리아

학생들에 관한 이야기를 하면 많은 부모들은 말한다. 우리 아이는 인문계 고등학교에 다니고 있고 대학을 가는 것이 문제이지 다른 건 문제가 없다고. 아이의 실력만 따라준다면 어디까지라도 공부를 시킬 수 있는 형편도 되니까 어떻게 하면 공부를 잘할 수 있게 하는가, 그것만이 문제라고. 하지만 과연 그럴까?

20년이 넘는 동안 많은 학교를 거쳐왔다. 인문계 고등학교, 중학교, 전문계 고등학교. 이 책에 나오는 청소년들은 가정이 불우하거나 전문계 고등학교의 학생인 경우가 많고, 보호관찰을 받는 아이들도 있다. 하지만 그 아이들이 겪는 문제들은 이 땅의 대부분의 아이들이 겪는 문제들일 거라 생각한다. 아이들은 지금도 다양한 고민을 하고 있지만 그것을 제대로 밖으로 끌어내지 못하고 있다. 당장 눈앞의 시험과 성적표가 문제라는 어른들의 말에 눌려서 자신들이 어떤 고민을 하고 있는지를 솔직하게 표현하지 못한다. 어느 학교를 다니고 있건 아이들은 비슷한 고민을 하고 있지만 어른들은 아이들의 고민마저도 자신들의 잣대로 나누는 것은 아닐까?

석차와 등급으로 존재를 인정받는 아이들. 아이들은 친구를 소개할 때도 등급으로 이야기한다.

"이 친구는 최소한 2등급은 된다니까요. 얼굴 되지, 성적 되지, 울컥하는 성격만 빼면 이 정도면 충분하잖아요. 그런데 엄만 이 친구랑 노는 거 별로래요. 우리 엄마가 원하는 건 1등급짜리거든요. 사실 엄마 아들은 3등급도 어렵다는 거 아실지 모르지만. 물론 절대 인정하지 않겠죠. 내 아들은 1등급짜리라는 환상을 깨기 싫으실 테니까."

정말 우리 아이들에게 성적 말고는 아무 문제도 없는 걸까? 아이들이 공부 외에는 아무것도 관심이 없는 걸까? 교복 입고 머리에 비니를 쓰고 등교하는 아이들을 보면서 웃음이 나올 때가 있다. 교복과 비니라니. 하지만 아이들은 스타들이 쓴 비니를 사기 위해 인터넷 쇼핑몰을 찾고 엄마 몰래 아파트 엘리베이터에 달린 거울을 보며 비니를 눌러 쓴다. 여자 친구를 만나기 위해 학원에 간다는 것을 엄마가 일면 큰일 난다며, 성적이 떨어지면 엄마 때문에 다른 학원으로 옮기게 될지도 모르기 때문에 여자 친구와 같이 있을 수 있는 시간을 위해 성적이 떨어지면 안 된다는 아이들. 만화가가 되고 싶지만 철밥통인 공무원이 되기 위해서는 행정고시를 치겠다는 아이들. 철밥통의 의미를 아이들은 제대로 알기나 할까?

인터넷 성인동영상을 보아도, 피시방에서 게임하다 학원에 못 가도, 파마를 하고 염색을 해도, 교복 치마를 미니스커트로 잘라 와도, 그 어떤 일을 해도 원인은 한 가지, 성적 때문에 받은 스트레스를 해

소하기 위해서인 것 같다는 천편일률적인 분석을 내놓는 엄마들.

공부만 하면 되도록 뭐든 다 해주는데 도대체 뭐가 문제인지 모르겠다는 말을 하는 어른들과 너무나 많은 고민들로 머리가 터질 것 같다는 아이들 사이에서 당혹스러울 때가 참 많다.

엄마의 역할을 넘어 조력자가 되어야 하고 CEO가 되어야 하고 학습 매니저가 되어야 한다는 말도 나오고 있다. 무엇을 위해서일까? 좋은 성적을 받아 좋은 대학을 가도록 하기 위해서? 엄마들은 자식을 잘 키웠다는, 미국의 일류 대학에 자식들을 보냈다는 선배 엄마들의 이야기를 읽느라 밤을 새우지만 정작 내 아이가 어떤 문제를 가지고 있는지에 대해서는 모를 때가 많다. 그리고 어떤 문제가 생기면 이렇게 말한다.

"도대체 아이가 왜 이러는지 알 수가 없어요."

학생이 아파트 옥상에서 뛰어내렸다고 하면 사람들은 그 아이가 어느 학교에 다니느냐에 따라 일단 원인의 가닥을 다르게 잡는다. 인문계이면 성적 비관, 전문계이면 가정 형편 비관으로.

어른들이 아이들을 바라보는 눈은 편협하고 왜곡되어 있는 경우가 많다. 어른들도 분명 한때는 십 대를 살았었다. 그때 그랬었나? 어른들이 모두 다 알아서 해주니 나는 공부만 하면 된다고. 이 시대를 살아가고 있는 아이들이 진정으로 무엇을 고민하는지에 제대로 된 관심과 귀를 기울여야 한다는 생각이다.

작년 1년 동안 고등학교 1학년의 담임으로, 3학년 수험생의 엄마로서 살아보니 늘 내 마음속에서 떠나지 않는 고민이 있었다.

'아이를 어떻게 도와주어야 할까?'

고등학교 1학년 말, 딸아이 예슬이는 인생의 목표였던 그림을 그만두었다. 겨울방학을 맞아 다니기 시작한 미술학원을 한 달 만에 그만둬버린 것이다.

"서울대를 가기 위한 그림, 홍대를 가기 위한 그림, 계명대를 가기 위한 그림 등등 어느 대학을 가고 싶은지에 따라 그리는 그림이 달라요. 내가 그리고 싶은 그림을 그리는 것이 아니라 그 대학을 통과하기 위한 그림을 그려야 하는 거죠. 그렇게 2년을 그 대학을 통과하기 위한 그림만을 그려야 한다는 생각을 하니 숨통이 막혀왔어요. 나는 그림을, 내가 원하는 그림을 그리고 싶은데 왜 남들이 그 그림에 점수를 매기고 그 점수로 내 그림의 등수를 정하는지……. 나는 그저 내 그림을 그리고 싶어요."

예슬이네 학교에서 월등한 성적으로 전교 1등을 하는 아이와 예슬이는 태어날 때부터 알게 모르게 비교가 되곤 했었다. 집안끼리 아는 사이인 데다, 특히 직장 다니는 엄마들을 대신해 아이를 키워주었던 할머니들이 두 아이를 자주 비교하곤 했다.

"예슬이는 왜 만날 놀리기만 하는 거야. 글자를 아나 숫자를 아나……. 원 답답해서. 어제 가보니 그 집 애는 벌써 영어도 시작했더만. 가르치는 학생들한테는 그리 관심이 많더니, 어찌 제 자식 교육에는 이리 무심한지……. 내가 답답해서 정말……."

그 아이는 늘 공부를 잘했고 그러다 보니 적지 않은 사람들이 예슬이에게 이렇게 묻곤 했던 모양이다.

"너 진짜 스트레스 받겠다. 그 애 어릴 때부터 집안끼리 아는 애라면서? 얼마나 많이 비교하겠니?"

그런 말에 예슬이의 대답은 이랬다.

"그 아이와 저를 절대적으로 비교하면 안 되죠. 저와는 살아온 과정이 다른 걸요. 그 아이가 공부에 몰두하고 있을 때 저는 그 못지않은 다른 것들을 하면서 왔거든요. 그것이 비록 성적이라는 것으로 나타나지는 않지만 저는 절대 그 아이보다 제가 못하다는 생각은 안 해요. 그래서 별로 스트레스 받지도 않아요. 어른들은 자꾸만 비교를 하시는데, 글쎄요……. 그것까지는 제가 어찌할 수 있는 게 아니니까……. 저는 저대로 잘 살아왔다고 생각하고 앞으로도 그럴 거고요. 그 아이는 그 아이 나름대로 최선을 다하며 살아가는 거고 저는 저대로의 삶이 있어요. 오로지 성적 하나만으로 우리를 비교하는 건 옳지 않다고 생각해요."

예슬이가 초등학교 시절 추석 때 시골에 다녀와서 이렇게 말한 적이 있다.

"왜 모두 몇 등 하느냐고만 물어요? 저는 공부 말고도 잘하는 것이 많은데. 과학 상자도 잘 만들고 바느질도 잘하고 만화도 잘 그리고 요리도 잘하는데. 장구도 잘 치고 플루트도 잘 부는데……. 그런 건 아무도 안 물어요. 만나는 사람들마다 딱 한 가지만 물어요. 공부 잘

하느냐고, 몇 등 하느냐고."

아이의 말에 묻어 있는 안타까움이 전해왔지만 타인의 기준과 잣
대에서 벗어나 스스로 무엇을 원하는지 찾을 수 있을 거라는 믿음을
가지고 아이가 하고 싶은 일에, 좋아하는 일에 몰두하는 것을 지켜보
았다. 아이는 참으로 많은 길을 선택했다 되돌아왔고 다시 길을 찾아
나서곤 했다. 아이에게 가장 고마운 것은 그 모든 과정을 스스로 소
중하게 생각한다는 것이다. 실패했던 경험까지도. 그리고 그런 시간
들을 통해 자신이 하고 싶은 일을 찾았고, 자신이 찾은 꿈으로 가는
여러 길 중 대학 진학을 선택해 열심히 공부했다.

우리 아이들에게 대학 입학이 전부는 아닐 것이다. 대학이 새로운
시작이라 생각하고 어떤 대학을 가느냐도 중요하겠지만 자신이 간
곳에서 어떻게 공부를 하느냐가 더 중요하지 않을까.

22년째 교사로 살아오면서, 그리고 힘겨운 고 3 생활을 지나 자신
이 하고 싶은 일을 위해 대학생이 된 딸 예슬이와 함께 헤온 시간을
통해 우리 아이들이 진정으로 성공한 삶을 살기 위해 준비해야 할 것
들을 알게 되었고 그것을 많은 사람들과 나누고 싶어 이 책을 쓴다.

이 책에 실린 이야기들은 내가 그동안 학교에서 담임교사로 지도
했거나 학교 밖에서 자원봉사를 통해 만난 아이들의 삶을 옆에서 지
켜보면서 다른 아이들에게 도움을 줄 수 있을 거라는 생각에서 부탁
하여 얻은 것들이다. 지금의 자신에 대해 써준 아이도 있고, 이제는
십 대를 지나왔지만 이 책을 위해 나와 마주앉아 그때의 이야기들을

주고받으며 그 시절을 떠올리며 함께 새로 쓴 글도 있다. 학창시절 아이가 쓴 글 중 고이 간직하고 있던 것을 옮겨 오기도 했다. 꼭 소개하고 싶은 선생님이 있어 뜻을 전했더니 흔쾌히 글을 주셔서 신기도 했다. 그 모두 서로의 삶에 조금이라도 도움이 되고자 하는 따뜻한 마음에서라는 것을 알기에 고마울 따름이다.

또한 이 책에 있는 편지들은 그동안 담임교사를 맡았던 반 아이들에게 썼던 편지들이다. 편지를 고쳐 쓰지 않고 그대로 실은 것은, 그때그때 가장 절실하고 진솔한 선생님의 마음이 담겨 있는 것이니 다른 사람들에게도 그렇게 전해질 거라고, 자신들이 받은 편지가 그대로 실렸으면 좋겠다는 아이들의 바람 때문이었다. 편지 글 속에서 편지를 받는 아이들이 2학년 5반이었다가 6반, 또는 9반이 되기도 하고 학생 수가 서른다섯 명에서 서른여섯 명이 되기도 한다. 몇 반이든 몇 명이든 그것이 무슨 상관이랴. 이 책을 읽고 있는 지금 이 순간을 십 대로 살고 있는 모든 아이들이 나에게는 소중한 우리 반 아이들이라는 생각이다. 그러니 독자들도 이 편지를 자신이 받은 편지라 생각하고 읽어주었으면 하는 바람이다.

아이들의 격려와 아이들과의 시간을 감히 행복하다고 말할 수 있기에 이 책을 쓸 수 있었으리라.

 1부 나를 사랑하는 사람이 성공한다

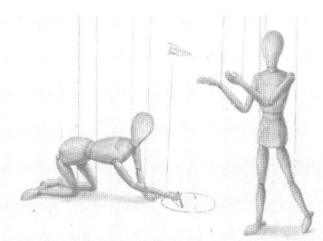

지금 내 모습은 내가 선택한 것이다

오늘 아침 참 특별한 사람을 만났단다. 출장이 있어 차를 두고 택시를 탔는데 학교로 가자고 하자 택시 기사가 이렇게 묻더구나.

"학교 선생님이세요?"

그렇다고 하자 택시 기사가 대뜸 이렇게 묻는 거야.

"요즘 아이들 어떤가요?"

대답을 않고 가만히 있었지. 요즘 아이들 어떠냐고 묻는 말에는 왠지 모르게 부정적인 느낌이 많이 묻어 있어 선생님은 그 질문 별로거든. 속으로 요즘 애들이 어때서, 하고 있는데 내가 대답을 않자 기사가 당황한 듯 말하더구나.

"아, 죄송합니다. 요즘은 손님들에게 말 거는 것도 조심스러워서요. 얼마 전에 택시 운전사 주제에 말이 많다고 아주 혼이 난 적도 있답니다. 학교 선생님이시라니…… 제가 학교 가는 동안 이야기 좀 해도 되겠습니까?"

목소리도, 뒷좌석에서 바라본 그의 얼굴도 너무 앳돼 보였기에 선생님 마음 한구석이 짠하더구나.

"선생님, 제가 몇 살쯤 되어 보이십니까?"

"글쎄요. 아직 얼마 안 되……"

"올해로 스물다섯입니다. 택시 운전을 한 지는 삼 년 되었구요."

청년이 갑자기 뒤를 휙 돌아보며 그러더구나.

"제가 불쌍해 보이시죠?"

내 마음을 들킨 것 같아 당황스러웠단다. 아무 말도 하지 못하는데 청년이 계속 말을 이어가더구나.

"저도 그랬습니다. 고등학교를 졸업하고 사회에 나오니…… 졸업만 하고 나면 세상이 전부 내 것이 될 것만 같았는데……. 저는 스물다섯이 되면 쫘악 빠진 외제차는 아니더라도 아반떼 정도는 타고 다닐 줄 알았습니다. 슈퍼모델은 아니더라도 아주 예쁜 여자 친구를 옆에 태우고 드라이브를 하면서 살 줄 알았지 이렇게 택시 운전을 하면서 살 줄은 진짜 꿈에도 몰랐어요. 그냥 세월이 지나면, 그저 어른이 되면 저절로 그렇게 살아지는 줄 알았어요."

청년은 신호등이 빨간불로 바뀌자 택시를 세우고는 다시 뒤를 돌아 내 얼굴을 한 번 더 보았단다.

"제가 다른 건 몰라도 얼굴 하나는 참 잘생겼죠? 선생님도 그렇게 생각하지 않으세요?"

"그러네요. 정말 잘생겼어요. 장동건보다 잘생겼는데요."

"그러게요. 저도 늘 이 잘생긴 얼굴에는 폼 나는 인생이 어울린다고 생각하면서 살았습니다. 텔레비전에 나오는 이십 대 중반의 삶은 화려하고 멋지기만 하거든요. 맥주 광고 속의 젊은이들, 휴대전화 광고 속의 제 또래들은 정말 멋지게 누리면서 살고 있잖아요. 저도 열일곱, 열여덟에는 그렇게 생각했었습니다. 모든 이십 대 청춘은 다 저렇게 사는 거라고, 그저 세월이 흘러 저 나이가 되면 저렇게 좋은 휴대전화 들고 저녁에 친구들과 어울려 클럽에 가서 신나게 놀고 입가에 하얀 거품을 묻혀가며 건배를 외치는 인생을 살 거라고 말입니다. 그런데 이게 현실이에요. 이렇게 택시 운전석에 앉아 있는 스물다섯. 저에게는 최신형 휴대전화도 친구들과 클럽에 가는 것도 맥주 한 잔도 겁나게 무서운 현실이라는 겁니다. 제가 받는 월급으로는……."

다시 한 번 나를 뒤돌아보는 청년에게 아무 말도 못 한 채 그저 어색한 웃음만 보일 수밖에 없었단다.

"처음 택시 운전을 하게 되었을 때는 참 억울하다는 생각을 했습니다. 왜 나를 몰라주는지, 왜 세상은 나에게 기회를 주지 않는지 억울하고 속상해 정말 미칠 것 같았지요. 한 번은 나보다 어려 보이는 놈, 두 놈이 탔는데…… 술은 거나하게 취해가지고는 하는 이야기라니. 여자 친구 생일 선물로 백만 원이 넘는 명품 가방을 사줄 거라나요. 제 신경을 긁어대는 소리를 혀 꼬부라지게 얼마나 해대던지…… 진짜 순간적으로 그런 생각까지 들더라니까요. 이 자식들 태우고 저기 있는 가로수로 달려가 같이 확 죽어버릴까, 하고요. 택시 운전 하다 보면 진짜 별의별 사람을 다 만나는데 차츰 손님들을 세심하게 관찰하게 되더군요. 그러면서 깨달았습니다. 물론 얼마간의 예외는 있겠지만 대부분의 사람들은 자신이 한 만큼 누리며 살아간다는 것을요. 저는 제가 지내온 십 대만큼으로 지금을 살아간다는 것을 알게 되었지요. 아무 준비 없이 그저 세월만 가기를 기다렸으니까요. 하지만 이제는 알아요. 제가 한 만큼 그 다음을 살 수 있다는 사실을요. 그래서 저는 지금의 이 일을 아주 열심히 하고 있습니다. 제가 이래도 투 잡(two-job)입니다. 유혹이 없는 것도 아니에요. 유흥업소에서 일하는 친구가 자기가 일하는 곳에서 같이 하자고 하지만…… 키 크고 얼굴 훤하니 그 직업에 제가 아주 잘 먹힐 거라나요. 2년 전이었다면 그랬을지도 모르지만 지금은 아니에요. 서른이 되고 마흔이 되었을 때의 저를 생각해보면 지금 당장 조금 더 많은 돈을 벌 수 있다고 그 일을 선택하고 싶지는 않거든요. 결국 인생은 자신이 선택하는 것이라는 것도 알게 되었으니까요. 이 일로 평생을 살고 싶지는 않아요. 택시 운전이 나쁜 직업이라는 말이 아니라 이 일 말고 제가 진짜로 하고 싶은 일을 해야 한다는 것을 알았다는 거지요. 그것을 위해 필요한 준비를 지금 열심히 하고 있는 중입니다. 저는 장사를 하고 싶어요. 밤낮으로 일하는 것도 장사 밑천을 만들기 위해서지요."

내가 저기 신호등에서 유턴해야 한다고 하자 뒤돌아보며 씨익 웃으며 말하더구나.

"네에, 알고 있습니다. 유턴해서 두 번째 골목으로 들어가면 되죠? 제가 아침부터 말이 너무 많았습니다."

"아니에요. 잘생긴 얼굴만큼 멋진 생각을 하는 분을 만나 아침부터 무척 기분이 좋은걸요."

"학교 선생님이시라기에 말씀드리고 싶었어요. 혹여 학교에서 학생들과 이야기를 할 시간이 있으면 오늘 저를 만났던 이야기를 꼭 해주십시오. 시간이 지나면 저절로, 모든 것이 다 내 것이 될 줄 알고 어리석은 십 대를 보낸 제 이야기를요. 택시를 몰며 하루 종일 다니면서 교복 입은 아이들을 볼 때마다 그런 생각을 해요. 저 아이는 자신의 스물다섯을 위해 무엇을 준비하고 있을까, 하고 말입니다. 저처럼 아무 준비 없이 세월만 보내다가 부모와 세상을 원망하는 아이는 되지 말아야 할 텐데 하는. 선생님, 제 이야기 해주실 거죠?"

"꼭 이야기할게요. 정말 멋진 총각을 만났었다고."

"그런 이야기가 아닌 거 아시잖아요. 제가 얼마나 불행한 시간을 보내왔는지 선생님이 모르셔서……"

"한때는 그랬었는지 모르지만 오늘 제가 만난 사람은 멋진 사람인 거 맞거든요. 조금 늦었지만 자기 인생의 목표를 선택하고 준비하고 있는 아주 멋진 청년을 만났다고 이야기할게요."

그 청년과의 약속을 지키기 위해 이렇게 편지를 쓴다.

삶에 대한 절망이 없으면
삶에 대한 애정도 없다.

- 카뮈

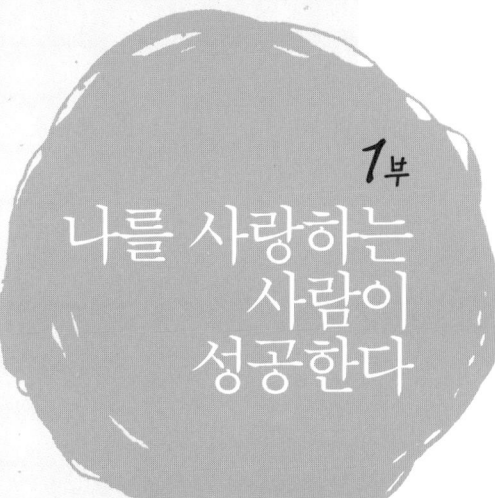

1부

나를 사랑하는
사람이
성공한다

실패한 나도 사랑하라

　나는 학교를 그만둘까 며칠째 고민 중이었다. 성적이 떨어질 것이라고는 예상했었지만 10등 밖으로 밀려나버린 성적표를 받았을 때는 참으로 막막했다. 모든 게 끝인 것만 같았다. 일이 그렇게 된 것은 전부 예원이 때문인 것만 같았다. 예원이가 그렇게 약만 올리지 않았어노…….

　처음엔 그저 장난이었다. 희수가 새로 산 두뇌 계발을 위한 게임기를 자랑했고, 평소 희수를 곱지 않은 시선으로 보고 있던 나를 포함한 몇 명이 희수가 잠시 자리를 비운 사이 게임기를 감추었다. 희수의 당황하는 꼴을 보고 그저 낄낄거리며 웃고 싶은 마음에 시작한 일이었는데 희수는 당황하기는커녕 그길로 학생부에 가서 아이들이 게임기를 훔쳐갔다고 고자질을 해버렸다. 하여튼 밥맛인 자식이다.

　담임과 학생부에서는 나와 다른 아이들을 불러 게임기에 대해 물었고, 우린 그저 장난이었다고 사물함에 감춰두었던 게임기를 돌려주겠다고 했다. 하지만 일은 그렇게 간단하게 끝나지 않았다. 우리가 장난으로 게임기를 감춘 사물함은 누군가에게 털려버렸고 우리의 말을 믿어주는 사람은 없었다. 학생주임은 학교에서 게임기나 전자사전 등을 훔쳐 인터넷에서 파는 아이들이 있다는데 너희도 그런 놈들 아니냐며 핏대를 올렸다. 경위서를 쓰고 교실에 돌아와 잠시 앉았는데 예원이가 빈정거리는 말투로 말했다.

"그러게 왜 희수 같은 모범생을 건드려? 진성이 네가 하자고 했지? 사실 다른 아이들이야 희수에게 그런 마음 품을 이유도 없잖아. 늘 희수 때문에 2등만 하는 너는 늘 희수가 눈엣가시였을 테니. 실력이 안 되면 인정해야 하는 거 아냐? 어쩌니, 이제? 네가 희수보다 조금 나은 것은 반듯하면서도 넘치는 인간성이었는데 그게 묵사발이 나버렸으니. 물건을 훔친 사람에게 반듯하다는 말은 더 이상 어울리지 않잖아."

예원이 옆에 서 있던 여자아이들 몇 명도 고개를 끄덕이는 것이 보였다. 처음엔 참으려고 했다. 희수에게 늘 지는 것도 사실이고 그것 때문에 희수 자식을 밥맛으로 여기고 있었던 것도 사실이고 게임기를…… 그래, 어쨌든 돌려줄 게임기가 없으니 훔친 것이 된 것도 인정할 수밖에 없으니까. 하지만 나를 도저히 참을 수 없게 한 것은 예원이의 마지막 말이었다.

"넌 실패한 영원한 2인자야. 알잖아. 세상은 인간성이고 뭐고 1등만을 알아주는 거."

난 손톱 끝이 손바닥을 파고들도록 꼬옥 쥐면서 참으려 했지만 그 말에서 마음속 무엇인가가 끊어지는 것을 느꼈다. 곧이어 교실에는 책상이 넘어지는 소리와 예원이의 날카로운 비명이 울렸다.

결국 노란 조끼를 입고 화장실 청소로 하루를 시작하게 되었다. 나를 바라보는 희수의 무심한 듯하지만 집요한 시선은 몸서리를 치게 했다. 그리고 떨어져버린 성적. 부모님의 실망스러운 눈길. 이 모든 것이 나를 견딜 수 없게 했다.

상담실을 나서자 복도에서 형주가 기다리고 있었다.

'짜식, 아까 문자로 학교 그만둘까 했더니 걱정이 되었던 모양이군.'

난 모른 척 딴 이야기를 꺼냈다.

"너 이번에도 설마 끝에서 몇 등은 아니겠지? 넌 왜 그렇게 공부에 관심이 없냐?"

"관심이 없기는. 열심히 하는데 안 돼서 그렇지."

"그게 열심이냐?"

"다른 사람 눈에는 그렇게 보일지 모르지만 나는 나대로 열심히 하고 있는 거야. 너에게도 처음 말하는 거지만 중학교 2학년 때 보호관찰을 받은 적이 있어. 친구 때려서. 그래서 전학 온 거고."

"뭐? 진짜야? 전학 온 이유가 그거였어? 친구들 사이에 여러 가지 이야기가 있었지만 설마 했는데…… 그래서?"

"우리 아버지는 가끔 나와 누나를 때려. 누나는 나를 때리지는 않

1. 나를 사랑하는 사람이 성공한다 25

는데 나를 아주 싫어해. 징그럽다고 가까이 오지도 못하게 하지. 언제부터인가 내가 누나보다 키가 커지고 힘이 세지자 나도 아버지처럼 누나를 때리게 됐어. 친구들과 오토바이를 훔치게 됐고 훔친 오토바이 때문에 싸움까지 일어나게 되어 결국 보호관찰을 받게 되었지. 그때 나를 위해 일주일에 한 번 오는 자원봉사 선생님이 있었어. 처음에는 귀찮았지. 이것도 해보자 저것도 해보자며 이리저리 끌고 다니기도 하고 숙제도 내고 하니까 어떻게 하면 피할 수 있을까 요리조리 피해 다니기도 했는데, 어느새 정이 들었는지 언제부턴가 그 선생님을 기다리게 되더라구."

"선생님? 우리 학교 선생님이었어?"

"아니. 형이었는데 다른 사람들이 그렇게 불렀어. 근데 하루는 누나가 정말 나를 너무 힘들게 하는 거야. 정말 한 대 갈겨버리고 싶었는데 그 형이 생각나서…… 절대로 누나 안 때리겠다고 약속했었거든. 그런데 참을 수가 있어야 말이지. 그래서 누나는 차마 못 때리고 방문을 주먹으로 몇 대 갈겼더니 뻥하고 구멍이 뚫려버리는 거야."

"방문에 구멍을 냈다고? 너 주먹 대단한데."

"그런데 뻥하고 뚫린 구멍을 보니 그 구멍 안에 형 얼굴이 있잖아. 절대로 주먹은 안 쓰겠다고 약속했는데. 그날이 형이 우리 집에 오는 날이었거든. 문짝을 갈 수도 없고. 정말 기분 엉망이더군. 난 정말 안 되는구나 하는 생각도 들고."

"그 선생, 아니 그 형 반응이 어땠어?"

"문 앞에서 한참을 서 있더니 무슨 일이냐고 그러기에 내가 그랬다고, 누나가 하도 성질나게 해서 누나는 못 때리고 문을 부숴버렸다고 했지."

"그랬더니? 약속 안 지켰다고 뭐라 그래?"

"한참을 뚫린 문과 나를 번갈아 보기에 내가 그랬지. 그래도 노력한 거라고. 누나를 때려주고 싶었는데 형하고 한 약속 때문에 차마 누나는 못 때리고 문짝을 부숴버린 거라고."

"야, 인마. 그걸 노력한 거라고 말했단 말이야? 주먹 안 쓰기로 했음 안 써야지. 문을 다 부숴놓고 노력을 했어? 우리 담탱이 같으면 이랬을 텐데."

"나도 그런 말이 나올 줄 알았는데 뜻밖이었어. 잘했다고."

"뭐? 잘했어? 뭘 잘했다는 거야?"

"그 형이 그러대. 노력한 거 안다고. 누나를 때리고 싶었는데 그거 참느라고 애쓴 거 안다고. 그러면서 내 손을 잡고 주먹을 쥐게 하더니 토닥여주는 거야. 애썼다고. 많이 아팠을 거라고. 그때 눈물이 확 쏟아지는데…… 이런 거구나 싶은 거야. 나를 알아준다는 것이, 이해를 해준다는 것이 이런 거구나 싶은 것이…… 난 누나를 때리지 않으려고 정말 애를 썼거든. 하지만 구멍 나버린 문짝. 그것으로 내 노력은 온데간데없어져 버렸다고 생각했는데 그걸 알아주신 거야. 내가 애썼다는 거. 노력했다는 거. 만약 그때 선생님이 이게 노력한 거냐? 그렇게 주먹 쓰지 말라고 했는데 방문에 이렇게 큰 구멍을 만들어놓고 노력했다고, 말 같은 소리를 하라고 나를 나무랐다면 지금의 나는 없었을지도 몰라."

"대단하다…… 그 형."

"그때 그 형이 그랬어. 물론 끝까지 참지 못한 것은 아쉽지만 실패한 자신까지 사랑하라고. 그렇게 스스로를 끌어안고 사랑하다 보면 언젠가는 진짜로 실패하지 않는 날이 올 거라고. 실패해서 자신을 미워하게 되는 것이 아니라 자신을 사랑하지 않기 때문에 실패하는 거라고."

"실패한 나도 사랑하라."

"그 후로 한 번도 누구를 때린 적도 문을 부순 적도 없어. 한 번씩 주먹을 휘두르고 싶을 때도 있지만 나 스스로 조절할 줄 알게 되었거든. 그럴 때 이렇게 스스로에게 천천히 말하는 거야. 내 앞에 있는 사람은 자원봉사 선생님이다. 그러면 진짜 그 형 얼굴이 내 눈 앞에 보여. 세상사람 전부에게 주먹을 날릴 수 있어도 그 형에게는 못 한다는 걸 내가 알거든. 실패한 나를 용서하고 끌어안을 수 있게 해준 사람이니까. 다른 사람들 눈에는 내 노력이 하나도 안 보였을 수도 있는데, 그저 구멍 난 문짝만 보였을 수 있는데 그 형은 봐줬거든. 그것이 내게는 너무 큰 노력이었다는 것을 알아주었으니까. 진성이 너도 너무 힘들어하지 않길 바란다. 학교 그만둘 생각까지 하고 있다면서? 노란 조끼 입은 게 뭐 그리 대수냐? 안 입은 것보다는 못하지만 말이야. 사실 희수 놈도 불쌍하잖아. 그 게임기 희수가 가져갔어."

"뭐? 희수가? 말도 안 돼. 그리고 그걸 네가 어떻게 알아?"

"희수는 불안했던 거야. 늘 너에게 쫓기고 있다는 것이. 그 게임기도 사실은 스트레스를 풀기 위한 것이 아니라 조금 더 머리를 좋게 하려고 안간힘을 쓰는 거니까."

멍하니 형주를 바라보고 있는데 형주가 머리를 몇 번 긁적이더니 계속했다.

"희수가 너희가 장난치는 거 알고…… 화장실 가다 휴지 가지러 다시 오다가 봤대. 하필 그 사물함이…… 영택이 놈이 급하게 숨기느라 사물함 자물쇠를 제대로 안 잠근 모양이야. 그걸 희수가 다 보고서는……"

"게임기를 가져간 놈이 희수 자식이란 말이야? 말도 안 돼. 그래놓고 태연하게 우릴 도둑으로 몰아. 그 새끼를……"

"희수가 그 일로 정신과에 다니게 된 건 아무도 모를 기야. 내가 말했던 자원봉사 선생님, 그 형이 정신과 간호사야."

"남자 간호사란 말이야?"

"나도 처음에는 좀 이상했는데 형은 그 일이 좋대. 환자 기록을 정리하다가 희수가 나랑 학교가 같아서 자세하게 알아봤던 모양이야. 이거 비밀인 거 알지? 희수는 너만큼, 그래 꼭 너만큼 힘들다고 생각하면 될 거야. 그럼 희수가 용서되지 않을까?"

형주는 내 어깨를 한 번 툭 치고는 씨익 웃으며 멋쩍은 듯한 얼굴을 돌려 홀쩍홀쩍 뛰어 가버렸다. 복도 끝 구석에 있는 상담실을 나

선 후 형주와 같이 걸어온 복도를 뒤돌아보았다. 너무나 긴 길을 걸어온 것만 같았다. 복도에는 수많은 얼굴들이 떠 있었다. 불같이 화를 내던 아버지도, 이제 어쩌냐고 울기만 하던 엄마도, 빈정거리던 예원이도, 그 여자애들도, 그리고 희수도.

실패와 성공의 갈림길

어제는 오래전 담임을 했었던 제자를 만났단다. 그 아이는 고등학교
1학년 때 선생님과 같이 공부를 했었는데 어느 날 학교 화장실에서
칼로 자신의 손목을 그어 많은 사람들을 놀라게 했었단다. 그날따라
선생님은 하얀색 원피스를 입고 출근을 했었는데 그 아이의 손목을
통해 흘러나온 피로 인해 하얀 원피스는 빨갛게 변해버렸었지.

그 아이.

세월이 흘러 이제는 서른 중반의, 두 아이의 엄마가 되었지만 선생
님에게는 늘 여고 1년생, 열일곱의 소녀란다.

"선생님도 흰머리가 생겼네요. 언제나 활기찬 모습 그대로일 것 같
았는데."

"흰머리? 자네 때문에 예전에 생긴 것일 텐데."

"……"

선생님의 농담 한마디에 그 아이는 고개를 숙이고 말더구나. 으 히

려 당황한 것은 선생님이었어. 그 아이가 작은 목소리로 죄송해요, 하는 말에 선생님이 말했단다.

"자네 때문에 생긴 것은 여기 있는 두 가닥뿐이고 나머지는 그다음 그다음에 만난 많은 아이들 때문에 생긴 것들이니 너무 맘 상해 말게."

그 아이는 중간고사에서 우리 반 2등을 했었어. 중간고사 성적표가 나간 다음 날 아이는 부러진 안경을 쓰고는 학교에 왔고 얼굴과 팔에 멍이 든 자국이 있는 거야. 그냥 넘어져서 그렇게 된 거라며 아이는 웃었지만 선생님의 마음은 어둡기만 했단다. 그건 넘어져서 생긴 상처가 아니라는 것을 단번에 알 수 있었거든. 아이를 도와줄 시간도 없이 그날 아이는 화장실에서 자신의 손목을 그었지. 병원에서 그 아이가 말하더구나.

"죽고 싶지는 않았어요. 그냥 제가 얼마나 힘든지만 말하고 싶었어요."

그 아이는 중학교에서 늘 1등을 하다가 고등학교에 와서 2등을 하게 되니 많이 힘들었던 모양이야. 그리고 1등을 못 했다고 아버지께 많이 맞았다고. 2등이면 정말 잘하는 것인데 그 아이와 부모님 모두 그것을 받아들이기가 참 힘들었던 모양이었어. 그 아이에게 2등은 곧 실패를 뜻하는 것이었다는 것을 알았을 때 선생님의 마음이 참 아프더구나. 과연 그것이 실패일까? 그리고 그것이 실패였다고 하더라도 부모님은 사랑하는 딸에게 그리고 그 아이는 자신에게 그렇게 상처를 입혀야만 했을까? 몸과 마음 모두 상처를 입은 아이를 바라보며 선생님은 생각했었지.

'이 아이가 넘어서야 하는 것은 실패한 자기도 인정하고 사랑하는 것'이라고 말이야. 우리는 누구나 실패를 하지만 그것으로 인해 좌절해버리는 사람도 있고 그것을 넘어서는 사람도 있어. 결국 그것으로 인해 우리는 진짜 성공과 실패라는 갈림길로 들어서게 되는 거고.

그 아이의 손목에는 아직 그 흉터가 남아 있어. 수술을 통해 말끔히 없앨 수도 있겠지만 그 아이는 그 흉터를 그대로 간직하고 싶다고 하더구나.

"선생님, 한 번씩 이 손목의 흉터를 볼 때마다 그때를 생각해보곤 해요. 내 인생에서 처음으로 2등이라는 것을 해보았던, 그래서 내 인생은 실패라고 생각했었던 그 시절. 그때 그러셨죠. 저보고 고맙다고, 많이 힘들었겠다고, 그래도 힘들다 몸짓을 해줘서 고맙다고, 너무 강한 메시지라 많이 놀랐다고요. 그리고 붕대 감은 제 손목을 잡고서는 호오~ 호오~ 입김을 불어주셨어요. 살아줘서 고맙다는 말을 몇 번이나 하시면서. 그때 선생님이 절 보고 왜 그랬느냐고 다그치셨다면 저는…… 지금과는 많이 다른 인생을 살고 있을지도 모를 일이에요. 그때 붕대 위로 느껴지던 선생님의 그 입김이 저보고 이렇게 말하는 것 같았어요. 괜찮아, 괜찮아, 겨우 그까짓 걸로, 뭐. 그때 깨달았어요. 제가 간절히 바라던 한마디가 '괜찮아'였다는 것을요. 저 스스로도 그말에는 인색했었어요. 그리고 부모님은 저보다 더하셨을 테고요. 하지만 그 입김이 그렇게 말해줬어요. 괜찮다고, 진짜 괜찮다고. 그래서 지금도 가끔 힘든 일이 있을 때면 선생님이 그러셨던 것처럼 제 손목의 흉터에 호오~를 해주면서 이렇게 말해요. 괜찮아, 괜찮아, 하고요. 그러면 비록 지금은 실패했지만 일어설 수 있다는 용기가 생기곤 해요. 선생님 기억하시죠? 제가 그 후로 성적이 더 떨어져 고등학교 졸업할 때까지 2등은커녕 5등 안에도 들어보지 못했던 거요."

그랬단다. 그 아이는 그 일이 있은 후 그동안 읽고 싶어 하던 책을 실컷 읽겠다고 하더니 지금은 일간지 기자를 하고 있단다. 그 아이는 2등을 넘어 1등이 된 것이 아니라 자신이 원하는 인생을 살게 되었다고 하더구나.

이렇게 실패한 자신도 끌어안고 사랑하고 받아들일 때, 우리는 진정한 성공이 무엇인지 알게 되는 것이 아닐까 한다.

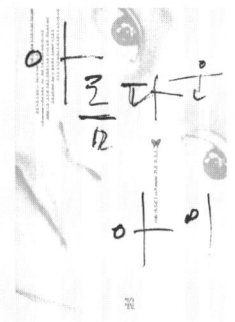

아름다운 아이
이시다 이라, 작가정신

어떤 아이가 아름다운 아이일까?

지금 먹고 싶은 마시멜로를 먹지 않고 남겨둔다 면……. 성공을 위해 마시멜로를 아껴두라고 한다. 하지만 지금 꼭 먹어야 하는 마시멜로도 있다. 열네 살에게는 열네 살의 인생이 있는 것이다. 열네 살은 멋진 서른네 살을 살기 위해 준비하고 참고 견디기만 하는 시간은 아닐 것이다. 열네 살의 시간을 잘 살아 냈을 때 열여섯 살을, 스무 살을 제대로 살았을 때 멋 진 서른네 살을 살 수 있는 것이 아닐까?

문제란 없다고 생각한다. 이 세상에 문제를 하나 도 가지고 있지 않은 사람이 과연 있을까? 하지만 자신이 가진 문제를 세상을 향 해 어떻게 풀어내는가의 차이는 있을 것이다. 이 소설에 나오는 아이들이 가지고 있는 문제들, 그리고 그것을 풀어내는 과정과 함께해보기 바란다.

슬기의 등교

　　　　　슬기의 존재를 느끼는 아이가 우리 반에 있을
까? 아니다. 슬기의 존재를 느끼지 못하는 아이가 우리 반에 있을까?
슬기는 언제나 요란하면서도 그림자처럼 우리에게 무시되는 존재
였다.

　5층에 있는 교실까지 올라오는 동안 슬기의 몸은 늘 땀범벅이 된
다. 그리고 양쪽 다리의 힘의 크기가 다른 슬기의 등장은 복도 끝에
서부터 우리에게로 고스란히 전해진다. 그리고 교실 문 열기. 슬기는
혼자 힘으로 문을 열지 못하기에 목발로 문을 요란하게 두드린다. 그
리고 아이들이 열어준 교실 문을 들어서는 슬기.

　초등학교 들어가기 전에 교통사고를 당했다는 슬기는 오른쪽 팔과
다리는 완전히 마비가 되었고 왼쪽 또한 움직임이 자유롭지 못하다.
하지만 슬기는 매일 지각 한 번 하지 않고 땀범벅이 되어 교실 문 앞

에 서 있다. 아이들은 자리가 바뀌어 뒷문 옆에 앉게 되는 것을 가장 싫어했다. 슬기의 목발이 교실 문에 부딪히는 소리는 묘하게 사람을 긴장시키고 또 한편으로는 짜증나게 했기 때문이다. 교실 문을 열어 주게 되면 슬기의 불편한 모습을 정면으로 바라보게 되기에 도와주 기도 그렇고 그렇다고 그냥 있는 것도 그런, 그래서 늘 엉거주춤해지 는 그 상황이 아이들에게는 적지 않은 부담이기 때문이다. 하지만 슬 기는 늘 그렇게 아침마다 문 앞에서 목발로 문을 톡톡 두드린다.

어느 날 슬기에게 교실 문이 끝내 열리지 않은 일이 생겼다. 뒷문 가장 가까이 앉은 혜민이가 웬일인지 꼼짝을 하지 않고 앉아 있었고, 다른 아이들은 문을 열어주는 일은 혜민이의 일이니 자신들이 끼어 들면 안 된다는 듯, 혜민이를 대신해서 그 일을 하면 마치 큰일이라 도 날 것처럼 고집스럽게 앉아 있었다. 슬기의 목발은 계속해서 문을 두드렸지만 끝내 뒷문은 열리지 않았다. 아침 자습 시간이 되었고 교 실로 들이오던 딤임선생님은 복노에 멍하니 서 있는 슬기를 발견했 다. 슬기는 목발로 문을 두드리는 것을 포기하고 그저 묵묵히 문 앞 에 서 있었다. 슬기의 온 몸은 땀투성이였고 얼굴에는 땀인지 눈물인 지 알 수 없는 것이 줄줄줄 흐르고 있었다.

슬기가 교실 앞문으로 들어서자 반 아이들은 일제히 고개를 들었 다. 혜민이만 빼고.

슬기의 자리는 맨 뒤 혜민이 옆이었다. 앞문으로 들어온 슬기가 뒤 로 가기 위해 목발을 따각거리며 지나가자 아이들의 눈도 슬기를 따라 움직였다. 슬기가 옆에 와 앉아도 혜민이는 고개를 들지 않았다. 슬기가 입을 열었다. 근육이 많이 굳어 있는 슬기의 얼굴은 말을 하면 더 뒤틀린다.

"혜…… 혜…… 민아, 어…… 어디…… 아…… 아…… 프니?"

혜민이의 어깨가 움찔했다. 하지만 여전히 고개를 들지 않았다.

"혜…… 혜…… 민아, 이…… 이거. 이거…… 읽…… 읽어…… 봐."

슬기는 엎드린 혜민이의 얼굴 밑으로 무엇인가를 밀어넣었다. 담임 선생님도 반 아이들도 아무 말 없이 슬기와 혜민이를 지켜보았다. 한참을 그렇게 엎드려 있던 혜민이 고개를 들었고 혜민이의 얼굴에 깔려 있던 종이는 눈물에 젖어 얼룩이 져 있었다. 혜민이의 눈물이 슬기의 편지를 적신 것이다.

선생님이 혜민이의 책상에서 슬기의 편지를 들고는 천천히 읽었다. 한참을 편지만 바라보던 선생님은 슬기의 뒤로 가서 슬기의 등을 토닥여주었다. 그러고는 교탁 앞에 서더니 슬기의 편지를 모두에게 읽어주었다.

"혜민아. 네가 나보고 학교 오지 말라고 그랬지. 그렇게 뒤틀린 모습으로 다른 사람들 앞에 다니는 것이 좋으냐고. 알아듣지도 못하는 수업은 왜 꾸역꾸역 와서 듣느냐고. 오늘 학교에 와도 교실 문을 열어주지 않는다고.

그래, 나도 알아. 내 모습이 어떤지. 그리고 사람들이 나를 보고 뭐라고 하는지도. 네 말이 맞아. 나는 남들보다 지능이 떨어져서 선생님이 하는 말을 잘 알아듣지도 못해. 하지만 나는 포기하지 않을 거야. 왠지 아니? 그건 내가 세상으로 통하는 길이 학교이기 때문이야. 나는 너희가 나와 같이 놀아주지 않아도 좋아. 너희가 나에게 말을 걸지 않아도 좋아. 그냥 아이들과 같이 있는 게 좋아. 친구들끼리 이야기하는 거 보는 것도 좋고 듣는 것도 좋아. 나랑 안 놀아줘도 돼. 아침마다 내가 문을 톡톡 두드리면 문만 열어줘. 그거면 돼. 나는 너희의 두 다리가 부러워. 너희가 마음대로 연필을 쥐는 것도 부러워. 시험에서 몇 개 틀렸다고 투덜거리는 것도 부러워. 모든 게 너무너무 부러워. 그래서 가끔은 학교에 오지 말까 하는 생각도 해. 하지만 나는 또 와. 매일매일 와. 그건 내가 나를 좋아할 이유를 만들기 위해서야. 나는 학교에 간다. 힘들지만 학교에 간다. 5층에 있는 교실에 가기 위해 그 많은 계단을 올라간다. 나는 그런 내가 자랑스럽다. 나는 그런 내가 참 좋다, 하고 말이야. 나는 포기하지 않을 거야. 이렇게 뒤틀린 몸으로 살아가지만 그래도 나는 나를 좋아하면서 살 거야. 그러니까 교실 문만 열어줘. 교실 문만 열어주면 나는 참 행복할 수 있어. 그러니 문만 열어줘."

선생님은 편지를 다 읽고 아이들을 보았다. 교실은 아이들의 큰 한숨으로 들썩하는 것 같았다. 한동안 아이들을 말없이 지켜보던 선생님이 말했다.

"여러분은 어땠는지 모르지만 선생님은 슬기의 편지를 읽는 동안 선생님의 다리를 만져보고 싶은 마음이 너무 커서 참느라 힘들었습니다. 왜 그랬을까요? 건강한 다리, 그 존재를 지금처럼 강하게 느껴본 적이 없었기 때문이 아닐까 합니다. 늘 당연하게 느껴졌던 다리가 이렇게 다른 느낌으로 다가오기는 처음이었습니다. 또 한편으론 슬기가 많이 부러웠습니다. 아마 여러분도 그럴 거라 생각해요. 선생님은 슬기의 편지 중에서 내가 나를 좋아해야 할 이유를 만들기 위해서라는 부분이 참 가슴에 남아요. 우리는 스스로의 모습 중 어느 것을 자랑스러워하고 있을까요? 슬기는 자신을 사랑하고 자랑스러워하는 방법을 알고 있었습니다. 그리고 슬기가 세상으로 통하는 길이 학교라고 합니다. 바로 우리, 우리 반 친구들이요. 슬기를 위해 해줄 수 있는 일이 무엇일까 거창하게 생각할 필요가 없다고 생각합니다. 우리는 그저 슬기의 친구, 슬기의 짝꿍이면 충분하다고 생각해요. 슬기의 편지는 혜민이에게만 쓴 편지는 아니라고 생각해요. 나와 우리 반 친구들 모두에게 하고 싶은 말이었을 겁니다. 혜민이만 그런 게 아니었을 겁니다. 우리 모두 슬기를 불편하게 생각했던 게 솔직한 마음일 거예요. 우리 속에 있던 슬기를 밀어내고 싶었던 마음을 우리는 인정해야 할 겁니다. 그것을 넘어설 수 있어야 슬기를 진정한 친구로 안을 수 있을 테니까요."

혜민이는 고개를 들고 슬기를 바라보았다. 슬기가 혜민이를 향해 손을 내밀었고 아이들은 모두 숨을 죽이고 두 사람을 지켜보았다. 슬기가 말했다.

"혜…… 혜…… 민아. 나…… 나는…… 그…… 냥…… 그냥……."

혜민이가 일어나 슬기를 끌어안았다.

"바보, 이 바보. 너 진짜 미워. 밉다고. 너 정말 미워."

혜민이의 두 팔이 슬기를 더욱 강하게 끌어안았고 지켜보던 아이들도 우르르 달려들어 슬기와 혜민이를 감싸 안았다.

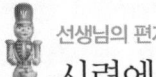
시련에 대처하는 세 가지 방법

한 젊은 딸이 어머니에게 자신의 삶에 대해 이야기했다. 사는 게 너무 힘들어서 이제 그만 두 손 들고 싶다고 했다. 어머니는 딸을 데리고 부엌으로 갔다. 냄비 세 개에 물을 채웠다. 그러고는 첫 번째 냄비에는 당근을, 두 번째 냄비에는 달걀을, 세 번째 냄비에는 커피를 넣었다.

어머니는 냄비 세 개를 불 위에 얹고 끓을 때까지 아무 말도 없이 앉아 있었다.

한동안 시간이 지난 후 어머니는 불을 끄고 딸에게 당근을 만져보라고 했다.

당근은 만져보니 부드럽고 물렁했다. 그런 다음 어머니는 달걀 껍데기를 벗겨보라고 했다. 껍데기를 벗기자 달걀은 익어서 단단해져 있었다. 마지막으로 어머니는 딸에게 커피 향내를 맡고 그 맛을 보라고 시켰다. 딸은 커피 향을 맡고 한 모금 마셨다.

어머니는 설명했다.

"이 세 가지 사물이 다 역경에 처하게 되었단다. 끓는 물이 바로 그 역경이지. 그렇지만 세 물질은 전부 다 다르게 반응했단다. 당근은 단단하고 강하고 단호했지. 그런데 끓는 물과 만난 다음에 부드러워지고 약해졌어. 달걀은 연약했단다. 껍데기는 너무 얇아서 안에 들어 있는 내용물을 보호하지 못했다. 그렇지만 끓는 물을 견디어내면서 그 안이 단단해졌지. 그런데 커피는 독특했어. 커피는 끓는 물에 들어간 다음에 물을 변화시켜버린 거야."

그리고 어머니는 딸에게 물었다.

"힘든 일이나 역경이 네 문을 두드릴 때 너는 어떻게 반응하니? 당근이니, 달걀이니, 커피니?"

나는 강해 보이는 당근인데 고통과 역경을 거치면서 시들고 약해져서 내 힘을 잃었는가.

나는 유순한 마음으로 시작했지만 열이 가해지자 변하게 된 달걀일까.

전에는 유동적인 정신을 지니고 있었지만 숙음과 파경과 재정적인 고통이나 다른 시련을 겪은 후에 단단해지고 무디어졌을까. 껍데기는 똑같아 보이지만 그 내면에서는 내가 뻣뻣한 정신과 굳어버린 심장을 지닌 채 쓰디쓰고 거칠어진 것은 아닐까.

아니면 나는 커피와 같을까.

커피는 실제로 고통을 불러온 바로 그 환경인 뜨거운 물을 변화시켰다. 물이 뜨거워졌을 때 커피는 독특한 향기와 풍미를 낸 것이다. 만약 내가 커피와 같다면 그럴 때 나 자신이 더 나아지고 주위 환경까지도 바꾸어놓을 수 있다.

어둠 속에서 시련이 극도에 달했을 때 나는 다른 레벨로 상승할 수 있을까?

- 우애령, 『희망의 선택』 중에서

이 글은 선생님의 친구가 메일로 보내준 글이야. 너희는 자신을 무엇이라고 생각하니? 당근, 달걀, 커피?

이 편지를 쓰는 선생님이 듣고 있는 음악이 '글루미 선데이(gloomy sunday)'. 선생님은 노래를 아주 못하는 절대 음치야. 그래서 생각해낸 방법이 같은 노래를 수백 번 반복해서 들어 암기를 해버리는 거야. 좀 특이한 방법이지만 효과는 대단하단다.

'저기 길 잃은 별들과 함께 삶의 희망을 모두 잃어도 하늘은 언제나 나의 편'이라는 가사가 참 좋구나. 제목에서 풍기는 분위기와는 달리 이 노래를 들으면 삶의 의욕이 느껴져 참 좋아.

너희도 인생의 많은 길목에서 시련과 절망을 만나게 되겠지. 그것을 받아들이고 극복해가는 과정도 결국 너희 스스로가 선택하는 것이 아닐까.

선생님은 가끔 이런 생각을 해.

'내 힘으로 바꿀 수 없는 일이라면 그 일을 받아들이고 즐기자.'

매일매일이 또 하나의 출발의 시간이야. 출발점은 언제든 내가 만들면 되는 거라고 생각해. 화이팅!

자기 앞의 생
에밀 아자르, 문학동네

지금 내 앞의 생은 어떠한가? '행복하니?'라는 물음에 '네, 저는 지금 아주 행복해요.'라고 대답하는 사람이 얼마나 될까?

고아원에 사는 아이가 있었다. 그 아이는 행복하다고 했다. 하지만 사람들은 자신을 보고 안쓰럽다는 듯 동정의 눈빛을 보낸다고. 그 아이는 이렇게 말했다.

"부모와 다 같이 산다는 것이 행복의 필수조건은 아니에요. 저는 부모님과 같이 살 때가 가장 불행했어요. 그런데 지금은 행복해요. 나에게는 새로운 가족이 있거든요. 우리에게는 서로를 위하는 마음이 있어요. 그것이 부모에게서 버림받았다는 것에서 오는 서로를 향한 연민일지도 모르지만 우리는 서로를 마음에 담고 챙겨주고 그리고…… 사랑하죠. 가족은 그 구성원들이 모두 있느냐가 문제가 아니라 그 안에 사랑이 있느냐가 문제라는 것을 사람들은 잘 모르나 봐요."

그 아이는 이 책의 주인공 모모를 닮았다. 그 아이는 생의 열쇠가 '사랑'이라고 말하는 모모인 듯했다.

부모가 누군지도, 자신이 몇 살인지도 모르는 아이들을 돈을 받고 맡아 길러주는 로자 아줌마와 살고 있는 아이 모모. 모모 주변에는 참으로 힘든 시간을 살고 있는 사람들뿐이지만 그들은 삶을 견디는 것이 아니라 살아가고 있다. 그들은 서로 사랑하는 방법을 알고 있기 때문이다. 사랑하고, 사랑받는 것. 그들이 살아가는 이유이기도 하다.

겉보기에는 고달프고 지지리 궁상으로 보이는, 소외된 주변인들의 삶에서 사랑과 희망의 메시지를 찾을 수 있기 바란다. 모모가 세상을 바라보는 시선을 배워보자. 긍정적이고 자신의 삶에조차 조금은 객관적인, 그러면서도 한없이 따뜻한 시선을.

단점이 장점으로,
전화위복의 묘미

"선생님, 저는 제가 무엇을 잘하는지 알 수가 없어요. 잘하는 것이라고는 하나도 없는걸요. 적성에 맞는 일을 찾아야 한다고 하는데…… 저는 정말 무엇을 해야 할지 모르겠어요."

"너희가 보기에 선생님은 어때? 교사라는 직업이 선생님에게 잘 어울리는 것 같니?"

"네. 선생님은 말씀도 아주 잘하시고 과학도 아주 잘 가르치시고."

"내가 과학 선생으로 잘 어울린다는 거지? 그럼 한 가지 물어볼게. 교사가 되는 데 필요한 자질은 어떤 것일까?"

"우선 공부를 잘해야 하고 말도 잘해야 하고 그리고 아이들을 좋아하고…… 그리고 또……"

"집중력이 없고 싫증을 잘 내는 성격은 어때?"

"에이, 그런 건 안 되죠."

"왜?"

"그거야 당연한 거 아니에요? 집중력이 있어야 무슨 일이든 잘할 수 있고, 싫증 안 내고 진득해야 뭘 해도 오래 할 수 있는 거잖아요. 그건 모두 좋지 않은 거예요."

"그럴까? 생각하기 나름 아닐까?"

"설마요. 생각하기 나름도 어느 정도죠."

"조금 다른 이야기가 될 수도 있는데 내가 선생님이 된 이야기를 해줄게. 난 학창 시절 선생님을 꿈꿔본 적이 한 번도 없었어. 선생이 되겠다는 생각은커녕 선생님들을 아주 싫어했었지. 나는 아주 자유 분방한 아이였는데 내게 선생님들은 늘 무엇인가를 통제하는, 하지 말라는 말을 세상에서 가장 많이 하는 사람들이었거든. 선생님들은 하나같이 답답하고 융통성이 없다고 생각했고 아이들을 괴롭히기만 하는 사람들이라고 생각했지. 그래서 선생을 꿈꾸는 아이들을 한심 하다고까지 생각했을 정도였단다."

"그런데 왜 선생님이 되셨어요?"

"글쎄다. 지금 와서 말한다면 운명이었다고나 할까?"

"과학 선생님이 운명을 이야기하니 좀 이상해요. 미신 같은 것은 안 믿으실 것 같은데."

"난 운명을 믿는 사람이야. 선생님은 그림을 그리고 싶었어. 하지만 가난한 집의 맏딸에게 그것은 너무나 이루기 어려운 희망이었단다. 고집이 무척 세긴 했지만 고등학교 1학년을 지나면서 철이 들기 시작한 나는 늘 고생만 하시는 어머니의 말씀에는 무조건 '예'라고 대답하자 결심을 했지. 어머니는 내가 의사가 되기를 바라셨어. 그래서 이과를 선택했고 내가 원하는 꿈과는 아주 다른 길을 걷게 되었지."

"근데 왜 의사가 안 되고 선생님이 되셨어요?"

"그러게. 그러니 운명인가 보다 해. 학력고사를 치고 원서를 쓰러 학교에 오신 어머니는 치대가 6년을 공부해야 하는 곳이라는 것을 처음 아셨고 그 길로 나의 손을 잡고 집으로 오셨어."

"왜요?"

"동생이 넷이나 있는데 나 하나만 6년을 공부시켜야 한다는 것은 어머니에게는 너무 큰 부담이었을 테니까. 어머니가 의대가 아닌 치대를 생각한 것은 이를 뽑는 일을 하는 치과 의사가 뭔 공부를 그렇게 많이 할 필요가 있겠는가, 다른 대학처럼 한 4년이면 되겠지, 하고 생각했었기 때문이래."

"그걸 모르셨단 말이에요?"

"어머니는 모르셨던 모양이야. 그래서 집으로 돌아와 밤새 생각하신 끝에 내린 결정이 국립 사범대학이었어."

"과는요? 과는 선생님이 선택하신 거죠?"

"아니. 그것도 어머니께서 선택하신 거야. 그 당시 건너 건너로 알던 사람이 그 과에 다니고 있어서 책을 얻어 볼 수 있을 거라는 생각에서."

"진짜에요? 진짜 그렇게 단순한 이유로 딸의 장래를 결정했단 말이에요? 말도 안 돼."

"말이 안 되는 것 같아도 사실인걸, 뭐. 그리고 그래서 얼마나 다행인지 몰라."

"뭐가 다행이에요? 자기가 하고 싶은 일하고는 전혀 상관도 없는 일을 하게 되었는데."

"처음에는 나도 그렇게 생각했었지. 과학 공부가 많이 어렵더라고. 그래서 대학 시절 힘들게 공부를 해야 했거든."

"적성에 안 맞는 공부를 하려니…… 많이 힘드셨겠어요. 그런데 포기를 안 하고 계속하신 게 신기해요."

"사범대학에서는 사실 많이 힘들었지. 그런데 막상 졸업하고 학교에 오니 이제까지 나와는 거리가 멀다고 생각했던 이 일이 너무 재미있는 거야. 아까 내가 말했었던 거 기억나?"

"뭐요?"

"교사가 되는 데 필요한……"

"싫증 잘 내고 집중력 없는 거요?"

"응. 내가 그렇거든."

"그래요? 전혀 뜻밖인데요. 선생님이 그런 성격이라는 건."

"어때? 그런 성격은 장점으로 보여, 단점으로 보여?"

"그거야 당연히 단점이죠. 싫증 잘 내고 집중력 없다는 건 진짜 큰 단점일걸요. 무슨 일을 하더라도 말이에요."

"근데 그게 그렇지가 않아. 조금 말을 바꿔보면 어떨까? 싫증을 잘

낸다는 것은 변화를 즐기는 것일 수도 있거든. 변화를 즐기는 사람은 자꾸만 새로운 것을 찾아보게 되고 새로운 것을 만나면 피하기보다는 그것을 즐기려고 하거든. 그리고 어떤 상황에서도 적응을 잘하는 것 같아. 선생님은 컴퓨터도 누구보다 일찍 배웠는데 그 전에는 타자기를 썼었거든. 많은 사람들이 늘 쓰던 것에 익숙해져 새로운 것을 배우기를 두려워할 때 선생님은 이미 타자기에는 흥미를 잃어버렸고 새로운 컴퓨터에 열광을 하게 되었지. 늘 그런 식이었어. 그러니 싫증을 잘 낸다는 것이 나쁘기만 한 것은 아니라고 생각해."

"하지만 집중력은요?"

"집중력이 없다는 것은 산만하다는 이야기도 되지만 다양한 것에 관심이 많다고도 할 수 있어. 솔직히 나는 대학 4년 동안 학교 도서관에서 공부를 해본 적이 없어. 산만한 성격 탓에 그렇게 공개되고 사람 많은 곳에서는 십 분도 책에 집중을 할 수가 없었거든."

"근데 그게 뭐가 좋아요? 단점 맞잖아요."

"하지만 그게 선생을 하기에는 좋더라는 거지. 50분 동안 수업하는 동안 나는 늘 신나고 재미있어. 서른 명이 넘는 아이들, 옛날에는 오십 명도 넘는 아이들이었으니 수업 시간 동안 보아야 할 아이들이 얼마나 많아? 그 많은 아이들이 의자에 앉아 하는 행동이나 얼굴 표정까지 다 다르니까 그거 보는 재미만으로도 수업시간이 그렇게 신나고 재미있을 수가 없는 거야."

"하지만 자신이 잘하지도 재미있어하지도 않은 과학을 가르치는 게 쉽지는 않았을 거잖아요. 근데 이상해요."

"뭐가 또?"

"선생님은 수업도 잘하시고, 그것도 아주 재미있게……"

"아마 내가 수학 선생님이 되었다면 너희 모두 다 죽음이었을지도 몰라."

"왜요?"

"선생님은 아직도 수학을 잘하지 못하는 사람을 이해할 수가 없거든. 내가 수학을 아주 잘했으니까. 수학은 당연히 다 잘하는 게 아닐까 하는 생각을 했을 정도니까. 그런데 과학은 달라. 중고등학교 때에도 과학에 크게 흥미가 있거나 잘한 것도 아니었고 대학 시절에도 어렵게 공부를 했기 때문에 나는 과학이 어렵다는 학생, 과학이 재미없다는 학생들이 진짜 잘 이해되거든. 내가 그랬었던 경험이 있으니까. 그래서 내게 가장 큰 과제는 어려운 과학을 쉽고 재미있게 가르치는 것이었어. 늘 거의 24시간을 과학 선생의 감각으로 살아간다고 해도 틀리지 않을 거야. 광고 하나를 봐도 신문 기사 한 줄, 책 한 줄을 읽어도 과학 수업에 쓸 수 있을까를 생각하니까."

"그래서 선생님의 수업에는 별의별 이야기가 다 나오는군요. 과학 수업 끝나고 나면 저희끼리 그래요. 어디서 저런 것들을 다 알아서 수업에 적용을 시키는지 신기하다고요. 저희가 선생님께 꼼짝 못하는 이유가 그거잖아요. 너무 많은 것을 알고 있는 것 같아 두렵기까지 하다니까요."

"그래? 뜻밖인데? 나는 내가 힘들게 공부했던 기억이 있기에 아이들의 마음을 조금 더 잘 헤아릴 수 있었던 거야. 거기서도 나의 싫증을 잘 내는 성격이 큰 도움이 되었지."

"또요?"

"몇 년 동안 같은 교과서를 가지고 수업을 하고 한 학년에 적게는 서너 반에서 많게는 열다섯 반까지 맡아봤거든."

"그럼 똑같은 수업을 열다섯 번이나 해야 하잖아요? 진짜 장난 아니다. 지겨워서……"

"그러니까 나의 싫증을 잘 내는 성격이 도움이 되었다는 거지. 늘 새로운 것을 찾다 보니 같은 단원의 수업도 반마다 다르게 할 수 있게 되더라고. 같은 학년이라도 반의 구성원에 따라 수준의 차이도 있고 분위기도 많이 차이 나고 하니 똑같은 내용이지만 반마다 다르게 접근을 했지. 그 반의 특성을 잘 살펴 접근 방법을 조금씩 달리하니 나도 재미있고 아이들에게도 도움이 되는 거 같고."

"싫증 잘 내는 것이 이렇게 장점으로 둔갑할 줄은 몰랐어요. 신기해요."

"신기하다기보다는 관점의 차이라고 생각해. 적성이 뚜렷하지 않다는 것은 어쩌면 적응력이 뛰어나다는 것일 수도 있어. 적성이 뚜렷하다는 것은 어떤 일에는 크게 관심을 갖고 잘하지만 다른 일에는 그렇지 못한 것일 수도 있잖아. 그러면 적성이 뚜렷하지 않다는 것은 어떤 일이든 받아들이고 수용할 수 있는 더 큰 장점이 될 수도 있다는 거지. 내가 그래. 중학교에 가면 중학교가 딱 내 적성인 거 같고, 고등학교에 오면 고등학교가, 인문계에 가면 인문계가, 전문계 학교에 가면 또 거기가 딱 내 적성인 거 같거든."

"적성이 없는 것이 아니라 그 어떤 것도 할 수 있는 것이라는 말에 용기가 생겨요. 저는 이제까지 제가 딱히 남들보다 잘하는 것이 없어 걱정이었는데 이제는 생각을 바꿔야겠어요. 나는 다른 아이들보다 잘할 수 있는 것이 더 많다는 쪽으로요. 잘하는 것이 없는 것이 아니라 못하는 것이 없다는 쪽으로 말이에요."

"적성은 기회를 만나지 못해 밖으로 드러나지 못하는 경우도 많아. 앞으로 어떤 일이든 이 일이 나의 적성이구나 하는 생각으로 한번 부딪쳐봐. 그렇게 해본 뒤에 판단해도 늦지 않아."

"그럴게요. 저는 늘 머릿속으로만 생각해왔었어요. 이 일이 내게 맞을까? 내가 잘할 수 있을까, 하고 말이에요. 이제부터는 한번 부딪쳐보고 싶어요. 그리고 그 일을 잘 해내지 못하더라도 실망하지 않을 거예요. 그 일이 제게 맞지 않는다는 것을 알게 된 것만으로도 큰 가치가 있을 테니까요. 그렇게 찾아가다 보면 제가 진짜로 무엇을 잘하는지 알게 될 거라는 생각이 들어요. 산만해서 수업 중에 저희를 하나하나 다 볼 수 있어 좋다는 선생님의 말씀이 저에겐 신선한 충격이었어요. 남들이 말하는 단점이 그렇게 큰 장점이 될 수도 있다는 걸 알았어요."

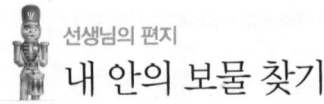

내 안의 보물 찾기

오늘 왜 이렇게 학교에 가기 싫을까? 너희도 이런 날이 있겠지? 새벽
부터 잠을 설치며 일어나 쓸데없이 옷 정리도 해보고 눈에 들어오지
않는 책도 펼쳐보면서도 심란한 마음을 달래지 못하고 있다가 너희
에게 편지를 쓰면 좀 나아질까 해서 컴퓨터 앞에 앉았다.

어제 스승의 날 특집 방송 녹화를 하면서부터 선생님은 많이 힘들
었어.

'나는 정말 이 자리에 나와 이렇게 웃으며 이야기할 만큼 좋은 선
생님일까?'라는 생각에, 그리고 2년 전 세상을 떠나 선생님을 통곡케
한 제자 생각이 너무 나서 이렇게 힘든 시간을 보내고 있단다.

그 아이는 여러 가지 사정으로 혼자 살고 있었는데, 학교 제자가
아니라 자주 볼 수가 없었단다. 선생님을 엄마로, 누나로, 친구로 생
각하며 기다리던 아이였어. 보고 싶다고, 왜 자주 보러 오지 않느냐는
그 아이의 문자메시지에 지금은 바쁘니 조금만, 며칠만 있다가 갈게,

라는 대답으로 많이 기다리게 했었지. 전화로 들려오던 그 아이의 '보고 싶지요.'라던 말이 아직도 귀에 생생한데……. 그때는 뭐가 그렇게 바빠서 자주 얼굴 보여주는 것도 못 했었는지…….

며칠을 기다리게 하고 매일 전화를 하게 한 후 밤 10시가 넘어 그 아이를 보러 가던 중이었는데 너무 피곤하다는 이유로 차를 돌려 집으로 오고 말았단다. 그런데 그 아이는 몇 분 후 친구와 외출을 했고 뺑소니차에 치여 아주 멀리, 영원히 보지 못하는 곳으로 가버렸지. 그때 선생님이 그 아이를 보러만 갔었더라도 아이는 외출을 하지 않았을 것이고 그랬더라면…… 그렇게 기다리는 아이라는 것을 알면서도…….

제자 하나도 지켜주지 못한 내가 이렇게 '좋은 선생'이라는 소리를 들으며 뻔뻔하게도 방송을 하고 있다는 사실이 너무 힘들었어. 방송을 마치고, 방송국까지 같이 가주었던 고마운 우리 아이들을 버스 정류장에 내팽개치다시피 하고 그 애가 잠들어 있는 절에 가서 통곡을 할 수밖에 없었단다.

스승의 날이라……. 너희에게 과연 선생님들은 어떤 존재일까, 가끔 궁금해. 너희를 귀찮게 하고 괴롭히는 존재? 잔소리 대장? 힘들고 짜증나게 하는 존재?

선생님은 자식을 가슴에 묻어보았기에, 영원한 이별이라는 것을 경험해보았기에 지금 이 순간이 얼마나 소중한지 알아. 지금 선생님과 함께 있는 너희가 얼마나 소중한 사람들인지도. 그래서 선생님이 해줄 수 있는 것이라면 무엇이든지 해주고 싶어. 그것이 가끔은 너희를 힘들게 할지도 몰라. 그렇다고 선생님이 많은 걸 해줄 수 있는 능력이 있는 사람도 아니야. 그저 내가 할 수 있는 만큼 최선을 다하려 노력할 뿐이지. 앞으로는 못해줘서, 미루어서 가슴을 치며 통곡을 하는 일은 없기를 바랄 뿐이야.

서른다섯 명의 아이들을 선생님이 다 알아서 챙기진 못해. 그래서 늘 미안한 마음이기도 하고. 너희가 선생님에게 가까이 다가오고 힘들 때 손잡아달라고 손을 내밀어준다면, 너희가 곁에 와서 기쁜 일이 있으니 함께 기뻐해달라 먼저 말을 걸어준다면 하고 바랄 뿐이지.

선생님이 해줄 수 있는 것은 너무 작을지 몰라. 하지만 선생님이 최선을 다한다는 것만은 알아주기를…….

너희 안에는 각자의 빛나는 보물들이 들어 있어. 정말이야. 선생님 눈에는 다 보이거든. 선생님의 가장 큰 바람은 바로 너희 안에 존재하는 그 보물들을 너희 스스로 알아내고, 그것이 세상으로 나와 빛을 발하게 되는 거야. 너희는 정말 대단한 존재들이란다.

언제나 너 자신이 세상에서 제일 소중한 존재라는 것을 기억하고 너 자신이 세상의 중심이라는 것을 인식하며 살아가기를 바란다. 너희에게 해주지 못해 후회하는 일이 생기지 않도록 선생님도 많이 노력할게. 사랑해.

책상서랍 속의 동화
장이머우 감독,
웨이민치 주연

가끔은 책임감이 어깨를 누를 때가 있다. 왜 하필 내가 이런 일을 해야 하는가, 또는 이 정도쯤 안 한다고 뭐가 어떻게 되겠는가, 하는 마음이 들 때도. 이 영화를 보는 내내 '책임감'이라는 단어가 떠올랐다.

시골 학교에서 한 달 정도 학교를 비워야 하는 선생님 대신 아이들을 돌보게 된 13살의 소녀. 28명의 임시담임이 된 아이는 절대 학생 수가 더 이상 줄어들지 않게 하라는 담임의 말을 지키려고 애를 쓴다. 자신에게 주어진 28명이라는 숫자를 지켜야 한다는 책임감. 하지만 달리기 선수로 뽑혀서 전학을 가버린 아이와 돈을 벌겠다며 도시로 가버린 또 한 명의 아이. 전학을 간 아이는 어쩔 수 없지만 도시로 간 아이라도 다시 학교로 데려오려는 시골 소녀의 순박하고 융통성 없는 여행이 시작된다.

너무도 절박하고 진지한 소녀의 모습은 우리에게 따뜻한 메시지를 전해준다. 삶에 대한 작은 비밀을 알려주는 듯한 영화이다.

매일 말하라!
내가 가장 예쁘고 멋지다고

여고시절 나와 연희는 단짝 친구였다. 우리의 공통점은 1등이라는 것이었다. 나는 우리 학교에서 키가 1등, 연희는 몸무게가 1등이었다. 깡마르고 도수 높은 안경을 끼고 있던 나와 키가 작고 여드름투성이였던 연희는 언제나 붙어 다녔는데 친구들은 우리가 너무 어울리지 않는 한 쌍이라며 놀려대곤 했다. 선생님들도 도대체 서로 무엇이 그렇게 좋으냐며 우리 둘 사이를 궁금해할 정도였다.

남들은 연희가 나를 따르는 줄 알았지만 사실은 내가 연희의 열렬한 팬이었다. 내가 연희에게 그렇게까지 푸욱 빠진 것은 바로 눈 때문이었다.

우리 학교는 교통이 아주 불편한 곳에 있어 대부분의 아이들이 등하교 때 버스를 두 번 이상 갈아타야 했는데 연희와 나도 예외는 아니었다. 고등학교 1학년 때 짝이 된 연희와 나는 버스비도 아낄 겸 갈아 타야 하는 곳까지 걷곤 했는데 참새가 방앗간을 그냥 지나치지 못한다고 버스 정류장 부근에 있는 빵집을 거의 매일같이 들르곤 했다. 주머니 사정이 늘 빠듯했던 나와는 달리 연희는 늘 넉넉한 지갑을 들고 있었다. 하지만 연희의 넉넉한 지갑과 빵집에서의 즐거운 시간이 나를 연희의 매력에 빠지게 한 것은 아니었다.

"한 가지 물어봐도 돼?"

"너 이상하다. 언제는 물어보고 말했냐? 뭔데?"

"이건…… 물어보기가 좀 그래……."

"우리 사이에 뭐가 그렇게 어렵냐? 왜? 내 몸무게가 궁금하냐? 늘어난 게 네 눈에도 보이냐? 그런 거라면……"

"몸무게 아냐."

"답답해 죽겠네. 나 성질 급한 거 알면서. 뭔데 그래?"

"눈……."

"눈? 눈 뭐?"

"늘 궁금했는데 너 세상이 다 보이기는 하는 거니?"

"왜?"

"눈이 너무 작으니까……. 다 보이기는 하는 걸까 싶어서……."

연희는 빵을 집으려고 가져온 포크로 내 안경을 툭툭 치더니 혀까지 끌끌 차며 말했다.

"야, 너 왜 내가 지금 이렇게 너를 불쌍하게 보는지 아니?"

"내가 불쌍해? 왜?"

"당연하지. 너 안경 잠깐 벗어봐. 봐봐. 이렇게 쌍꺼풀 진하게 있고 큰 눈. 속눈썹은 또 얼마나 긴지. 성냥개비 몇 개는 거뜬히 올라갈 이 눈이 가엽게도 이거, 이게 뭔가요, 아가씨?"

"안경이지 뭐야."

"그렇지 안경. 이 안경 없이는 제대로 볼 수가 없으니 어찌 불쌍하지 않겠느냐는 거지. 넌 다 보이니, 세상이?"

"뭔 말을 하는 거야, 지금. 그 말은 내가 물었잖아."

"그러니 하는 말. 나는 다 보여요, 친구. 그런데 친구는 지금 다 안 보이시지, 안 그런가? 요거, 이 안경 없이는 말이야."

"얼른 줘. 그러다가 지난번처럼 깨면 진짜 이제는 안경 새로 해달 라는 소리도 못해."

"그래? 그럼 이거 안 돌려줘야겠다."

"뭔 소리야? 얼른 안경 줘."

"나보고 세상이 다 보이는지 물었잖아. 그 질문에 대한 대답으로 너의 안경을 압수하겠다는데 뭔 말이 그렇게 많아."

"그런 게 어딨어?"

"여기 있지. 나는 다 보여. 눈이 작아서 조금 보이거나 흐리게 보이 거나 하지는 않거든. 그런데 넌 어때? 지금 많이 답답하지? 넌 세상에 서 네 눈이 제일 예쁜 줄 알지? 하지만 아니야. 눈이라는 게 뭐야? 보 는 거잖아. 잘 볼 수 있어야 가장 눈다운 거거든. 나는 이 세상에서 내 눈이 가장 아름답다고 생각해."

"그건 좀 아니지."

"그럴까? 아름답다는 것은 무엇일까? 내가 생각하는 아름다움의 기준은 '본질'이야. 본질에 가장 충실할 때 제일 아름다운 거라고. 눈의 본질은 크기도 아니고 쌍꺼풀도 아니고 속눈썹의 길이도 아닌, 바로 얼마나 잘 볼 수 있느냐는 거지. 나의 좌우 시력은 1.5와 2.0. 이렇게 잘 보이는, 본질에 가장 충실한 눈인데 어찌 아름답다 하지 않을 수 있느냐 말이지, 안 그래 친구?"

나는 아무 말도 못 했고 연희의 말이 이어졌다.

"너의 눈은 내 눈의 몇 배(?)나 되는 크기에도 불구하고 안경이라는 보조 도구의 도움 없이는 가장 본질적인 '본다'의 기능을 해내지 못하니 나의 눈과는 비교조차 할 수 없다는 말씀이지."

연희의 너무도 당당한 아름다움이 아직도 생생하다. 연희는 지금도 세상에서 가장 아름다운 눈으로 세상을 아름답게 살아가고 있다. 그녀는 여전히 80킬로그램이 넘는 몸무게를 유지하고 있다. 그녀가 이야기해준 유명한 일화가 있다. 잠시 화장실에 가기 위해 가운을 벗고 진료실을 나서는데 차례를 기다리고 있던 환자가 그랬단다.

"아줌마, 여기 의사 용하다고 소문났던데 진짜 그런 거 같습니까?"

그래서 그녀가 그랬단다.

"글쎄요. 용한지는 잘 모르겠지만 엄청나게 예쁘긴 합디다."

조금 뒤 들어온 환자가 물었다.

"의사는 어디 가고 왜 아줌마가 거기 앉아 있소?"

그 이야기를 전하는 내과 과장 연희가 말했다.

"그 환자 말이 내가 딱 순대국밥 집 아줌마 폼이라는 거야. 그 말엔 나도 동감."

내 얼굴은 내가 만들어가는 것

너희 휴대전화에 선생님 이름이 어떻게 저장되어 있는지 궁금하구나. 3월에 처음 만났던 날 'S라인 영미'로 저장을 해달라고 했었지. 그때 너희의 반응은 한마디로 '허걱!'이었던 거 기억하지?

"선생님이 올해 건강을 위해 체중을 조금 줄일 계획이에요. 그러니 여러분이 선생님에게 전화를 하거나 문자메시지를 보낼 때마다 'S라인 영미'라는 이름으로 선생님에게 긍정적인 메시지를 줄 수 있어 좋잖아요. 선생님을 도와준다고 생각하고 그렇게 저장해주길 바랄게요."

그리고 이번에 휴대전화 번호가 바뀌면서 다른 이름으로 저장해달라고 했지. '바비인형 영미'로 말이야. 이번에 너희의 반응은 3월과는 조금 달랐어. 대체로 수긍을 하는 분위기였는데…… 아닌가? 나 혼자의 착각인가? 어쨌든 이렇게 선생님이 나 스스로에게 언제나 멋지고 예쁜 이름을 붙이는 이유는 늘 나 자신에게 긍정의 메시지를 주기 위해서야. 선생님이 우리 반에서 늘 선생님 이쁘잖아, 라는 이야기를 하니까 너희도 어느새 세뇌가 되어가고 있다는 거 인정하지? 며칠 전 모 선생님이 우리 반에서 수업을 하고 와서는 그러시더구나.

"참나. 반 아이들에게 얼마나 강하게 주입을 시켜놨던지 '너희 담임'이라는 말만 나와도 애들이 하나같이 입을 모아 '우리 쌤은 예쁘잖아요' 하니 할 말이 없어요, 할 말이."

선생님의 작전이 완벽하게 성공했다는 것을 확신하는 순간이었지. 선생님이 나이 마흔이 넘어 60킬로그램이 넘는 체중으로 바비인형이라는 별명을 얻게 될 줄은 누가 상상이나 했겠니? 그런데 이건 꿈이 아닌 현실이야. 놀랍지 않니? 오랫동안 만나지 못한 친구와 전화로 그 이야기를 전하니 그 친구 하는 말이 '너 성형했니?'였단다. 십 대 이십 대에도 들어보지 못했던 소리를 사십 대 중반이 되어서 들으니 그 친구 그렇게 생각할 수도 있겠다 싶어. 너희가 예뻐지고 싶은 만큼 선생님도 예뻐지고 싶어. 많은 아이들이 성형을 해서라도 예뻐지고 싶다고 하더구나. 물론 그것이 나쁘다는 것은 아니야. 그리고 내면의 아름다움이 더 중요하다는 고리타분한 소리도 하진 않을게.

어제 수업 시간에 한 아이가 묻더구나. 선생님은 옷을 어디서 사 입느냐고. 재래시장에서 대부분 사 입는다고 하니 아이들이 좀 놀라는 것 같았어. 그래서 그랬지.

"선생님의 가치와 지금 입고 있는 시장 옷과 관련이 있어 보이나요? 싸구려 옷을 입고 있다고 해서 다르게 보이지는 않죠?"

그러면서 선생님이 화장을 하지 않게 된 이야기를 해주었단다. 선생님도 삼십 대 초반까지는 화장을 아주 열심히 하는 사람이었거든. 마스카라에 아이섀도까지 아주 꼼꼼히 화장을 하고 잡지책에서 쏙 빠져 나온 것 같은 차림으로 출근을 했어. 그러던 어느 날 우연히 텔레비전에 나온 한 사람을 보고서는 많은 생각을 하게 되었단다. 길거리 인터뷰에 응하고 있던 오십 대 중반의 아주머니였는데…… 집에서 잠깐 동네 슈퍼마켓에 두부를 사러 나왔다는 그분은 부스스한 파마머리에 후줄근한 꽃무늬 원피스 차림으로 목욕탕 슬리퍼를 신고 있는 모습이었어. 그런데 몇 마디 인터뷰를 하는 데 그분에게서 전해져 오는 무엇인가가, 말로는 설명이 잘 안 되는 아주 특별한 무엇인가가 있는데 그걸 느끼는 순간 온몸에 오소소한 전율이 느껴질 정도였단다. 인터뷰를 요청했던 리포터도 나와 같은 느낌을 받았는지 손사래를 치는 그분을 따라 그분이 살고 있는 집으로 가게 되었는데……. 알고 보니 그분은 전라도 어느 대학의 교수님이었어. 차림새는 동네 어디에서나 볼 수 있는 후줄근한 차림의 아주머니였지만 그분에게서 흘러나오는 특유의 분위기와 에너지는 멋진 옷을 차려 입고 완벽하게 화장을 한 그 어떤 사람보다 강렬하고도 멋진 것이었단다.

그때 생각을 했지. 나도 오십 대가 되었을 때 저런 얼굴이었으면 좋겠다고 말이야. 화장으로 꾸며서 아름다운 얼굴이 아니라 부스스한 맨얼굴에서도 넘쳐나는 저런 아름다움을 가진 사람이 되었으면 하고 말이야. 그로부터 완전히 화장을 하지 않게 되기까지 6개월 정도의 시간이 걸렸단다. 늘 하던 화장을 하지 않고 집을 나선다는 것이 생각만큼 쉽지 않았거든. 그리고 10년이 넘는 세월이 흐르는 동안 참 열심히 살았다고 생각한다. 화장하지 않고도 당당한 오십 대가 되기 위해선 결국 그동안의 세월을 어떻게 살았는가가 중요하다는 것을 알기에 말이야.

누구나 아름다운 얼굴이었으면 한단다. 선생님도 마찬가지로. 화장을 한 얼굴이든 그렇지 않은 얼굴이든 그 사람이 살아온 만큼의 아름다움이 얼굴에 나타난다면, 미래의 얼굴을 위해 우리가 지금 어떻게 살아야 할지에 대해 진지한 고민을 해봐야 하지 않을까 한다. 선생님은 아름다운 얼굴보다는 기품 있는 얼굴을 가진 오십 대, 육십 대가 되고 싶단다. 그건 오로지 내 몫이라는 것을 알기에 내가 어떻게 살아가야 할 것인지에 대해 늘 진지하게 생각하게 된단다.

선생님은 너희가 모두 참 아름다운 얼굴로 살아가리라 믿는다. 그 아름다움의 원천은 수십 가지의 색조 화장품들이 아니라 너희가 살아온 시간이라는 것을 꼭 알아주었으면 한단다.

긍정의 힘
조엘 오스틴, 두란노

가끔 시내 한복판에서 기타 치며 율동하며 전도하는 아이들을 볼 때가 있다. 그 아이들을 볼 때 느끼는 것 중 하나가 부러움이다. 절대적인 믿음이 있다는 것이 아이들을 저렇게 용기 있게 하는구나, 하는 생각을 하면서. 십 대의 아이들은 남의 눈을 많이 의식하는데, 특히 이성에 관해서는 더더욱. 그런데 저 많은 사람들 앞에서 저렇게 웃으며 춤추고 노래할 수 있는 힘은 어디서 나올까? 구세군 활동을 하는 제자는 거리에서 플루트 연주를 한다고 자신의 연주 모습을 보러 오라 문자메시지를 보낸다. 그들이 가진 긍정의 힘이 부러울 때가 많다. 교회에는 다니지 않는 사람이지만 가끔 목사님의 설교를 들으러 가곤 한다. 그중 가장 기억에 남는 말씀이 바로 '스스로를 믿는 자'에 관한 것이었다.

이 책에 대해 찬반 의견이 팽팽하다. 목사님이 쓴 글이라는 것도 아마 그 이유 중 하나일 것이다. 하지만 그 모든 것을 넘어 이 책의 제목 하나만으로도 읽어볼 가치가 충분하다고 생각한다.

긍정의 힘. 그 힘이 얼마나 큰 위력을 가지고 있는지는 경험해본 사람이라면 알고 있을 것이다.

누구를 닮을 것인가

여름방학을 마치고 이제 곧 개학이다. '1학기를 돌아보며, 2학기를 준비하며'라는 제목을 써두고는 많은 생각을 하게 된다. 그리고 거울 속의 나를 한 번 본다. 교복을 입고 다시 거울을 본다. 지금 거울 속에 있는 나. 거울 속에는 3월에 처음 학교에서 본, 나를 두려움에 떨게 했던 모습을 한 또 다른 내가 있다. 나는 갑자기 나 자신이 무서워진다. 나는 왜 이렇게 되었을까?

입학식이 있기 전에 배치고사를 치러 왔을 때 나는 내 주변에 있는 아이들을 보며 혼자 속으로 코웃음을 쳤었다.

'나는 너희와는 달라. 하여튼 해가지고 있는 꼬락서니하고는. 도대체 왜 저런 모습으로 다니는 걸까? 정말 저러고 싶을까? 학생이라면 나처럼 이렇게 단정하고 깔끔해야지. 하여튼 수준들하고는.'

그리고 입학식. 그날 강당에서 만난 선배들의 모습에 나는 두려움을 느꼈었다. 파마, 일명 폭탄머리와 사자머리는 왜 그렇게 많은지. 게다가 교복은 왜 그렇게 불량스럽게 입었는지. 그리고 그들의 입을 통해 나오는 거친 말들. 나도 모르게 심호흡을 하게 됐고 과연 이 학교에 계속 다닐 수 있을지 자신이 없었다. 그리고 일주일. 나는 결국 학교에 가지 못하겠다고 엉엉 울어버렸다. 그러는 나를 보고 엄마는 깜짝 놀랐고 나의 손을 잡고 학교에 오셨다. 그때 나는 엄마에게 이렇게 말했다.

"무서워요. 반 아이들도 그렇고 선배들도 그렇고. 너무 무서워요."

그렇게 한 학기가 지나고 이제 새로운 학기를 앞두고 거울 앞에 선 나. 나는 내가 그렇게 두려워하던 모습으로 지금 거울 앞에 서 있다.

입학할 때의 찰랑찰랑하던 머리는 몇 번의 파마와 염색으로 인해 뻣뻣하게, 도무지 무슨 색인지 표현할 수 없게 되어버렸다. 입학할 때 허리가 딱 맞던 교복은 하복을 사면서는 세 치수나 큰 것을 사서 치마허리가 골반에 걸쳐져 있고, 흰 티셔츠 위에 입은 교복 상의의 단추를 잠그지 않는 것은 기본이 되어버린 지 오래다. 까만 학생구두는 화려한 색채의 운동화로 바뀌었고 오른쪽 귀는 세 군데, 왼쪽 귀는 두 군데를 뚫어 아직 아물지 않은 상처로 인해 가끔 화끈거린다. 용돈 받아 엄마 몰래 산 가방은 필통도 겨우 들어갈 크기이니 이 가방을 산 후로는 당연히 책은 한 권도 가지고 다녀본 적이 없다. 며칠 전 백 일 기념으로 남자 친구와 산 커플링이 손가락에 끼워져 있다.

이렇게 내일 학교에 갈 것인가? 순간 어때서, 하는 생각이 들기도 한다. 나만 그런가? 학교에 가면 이런 아이들이 얼마나 많은데? 하지만 나는 저절로 흘러나오는 한숨을 막지는 못한다. 나는 이 학교를 선택해서 왔다. 글을 쓰기 위해, 보충 수업을 하고 야간자율학습을 하는 인문계가 아닌 이 학교를 스스로 선택해 왔고, 여기서 내 꿈을 이루기 위해 많은 책을 읽고 많은 글을 쓰겠다고 하지 않았던가. 처음에는 스스로에게 이렇게 말했었다. 글을 쓰는 사람이 되기 위해서는 다양한 경험이 필요한 거야. 그러니까 이런 것도 해봐야지. 하지만 그건 단지 변명에 불과했다는 것을 이제는 안다. 엄마는 친구들 탓이라고 한다. 그러니 전학을 하자고. 그런데 어디로 간단 말인가? 다른 곳으로 가면 예전의 나로 돌아갈 수 있을까? 정말 친구들 때문일까? 우리 반 아이들의 얼굴을 하나하나 떠올려본다.

민경이……. 똑같다. 입학했을 때나 지금이나 늘 그렇듯 우리 반 일번으로 늘 반듯하고 열심인 아이. 자리를 바꿀 때마다 짝꿍이 되고 싶어 하는 아이들이 너무 많아 선생님을 힘들게 한다는 아이. 그 아이는 왜 나처럼 변하지 않았을까? 그 아이와 나는 같은 반에서 한 학기를 보냈는데.

연수……. 반기문 총장의 책을 읽고 인생이 바뀌었다며 언제나 책에 파묻혀 사는 아이. 입학할 때 성적은 20등 안에도 못 들었는데 4등을 했다며 방학하는 날 뛸 듯이 기뻐했던 아이. 그 아이도 나와 같은 시간을 보냈는데…….

갑자기 짜증이 난다. 그건 다름 아닌 나 자신을 향한 것이다. 나는 이제까지 나에게 변명을 해왔다. 학교가 다 그런 걸 나보고 어쩌라고? 다른 아이들도 다 그러니까 나도 그런다고. 정말 다른 아이들도 다 그런 것일까를 물어야 하지만 솔직히 그 질문은 하고 싶지가 않다. 내가 지금 이런 모습으로 있는 것은 단지 나의 선택일 뿐이었다는 것을 인정해야 하기 때문이다. 나는 왜 많은 아이들 중에서 내가 그렇게 두려워하던, 내가 가장 싫어하던 모습을 닮아갔을까? 멋진 모습으로 학교 행사 때 드럼을 치던 수진이를 닮을 수도 있고, 말하기 대회에서 대상을 받아 모든 아이들로부터 박수를 받은 가희를 닮을 수도 있었는데. 늘 1등을 하는 수영이는 아니더라도, 내가 빈정거렸던 범생이 현미는 아니더라도 닮고 싶은 아이들이, 멋진 아이들이 이렇게 많은데.

　나는 늘 내게 변명을 해왔던 것이다. 환경이 이러니 할 수 없지 않느냐고. 옆에 앉은 아이 꼴이 이러니 난들 별수 있느냐고. 그런데 지금 생각을 해보니 나는 삶의 모델을 잘못 설정했던 것이다. 그 누구의 탓도 아닌 내 선택이었다는 것을 이제야 깨닫는다. 파마를 한 것도 교복 단추를 열게 된 것도 그 누구의 탓도 아닌 내 선택, 잘못된 내 선택이었다는 것을 이제는 안다. 나는 그것이 별것 아니라고 생각했었다. 겉모습이 뭐가 문제냐고. 내가 하고 싶은 것을 하는데 무엇이 문제냐고. 나는 당당할 수 있을 거라 생각했다. 누군가 왜 그런 모습을 하고 다니느냐고 물어도 겉모습만으로 나를 판단하지 말라고, 그리고 이런 모습이 어때서 그러느냐고 말할 수 있을 것 같았다.

하지만 3월의 나를 되돌아보니……. 그때 내가 왜 저런 꼴로 학교에 올까 생각했던 그 선배들도 나처럼 생각했을 것이다. 내가 좋아서 하는데 남들이 뭐라고 한들 무엇이 문제냐고. 하지만 그때 내가 그들을 바라본 시선을 생각하니, 그리고 누군가가 나를 그때의 나와 똑같은 시선으로 바라볼 것이라고 생각하니 오싹한 기분이 든다. 나를 가꾸는 것은 오로지 내 몫이었는데도 불구하고 나는 그동안 나를 제대로, 그렇다, 제대로 가치 있게 가꾸지 못했던 것이다. 그리고 그것은 누구 탓도 아니다. 내가 선택했으니 바로 내 탓이다. 나는 연수를 닮을 수도, 가희를 닮을 수도 있었는데……. 이제는 알겠다. 그 모든 것이 내 선택이었다는 것을.

친구는 인생의 재산

오랜만에 편지를 쓰는구나.

오늘은 '친구'에 대해 이야기를 하려고 해. 스스로에게 한번 물어보자. 나는 친구에게 어떤 존재일까?

친구에 관한 이야기가 나오면 선생님은 늘 이 구절을 빼놓지 않고 말한단다. 루이제 린저의 『고독한 사람을 위해서』라는 책에 이런 대목이 있어.

> 친구는 서로 아첨해서는 안 된다. 서로 자극하고 서로 교정해주고 성장에 대한 자극을 주어야 한다. 친구들은 서로를 너무나 점유해서도, 상대방을 자기의 소유물로 간주해서도 안 된다. 우정은 조심스럽게 키워야 하며 육체적이거나 정신적인 아픔을 넋두리하기 위해 이용되어서도 안 된다. 무엇보다도 순수하고 계산되지 않은 동정이 깔린 무목적성이 우정의 본질이다.

어때? 물론 이것이 친구에 대한 절대적인 글이라고는 생각지 않아. 하지만 가끔 이 글을 읽으면서 '나는 내 주변의 사람들에게 어떤 존재인가?'를 생각해보곤 해.

나와 내 친구는 서로에게 어떤 존재일까?

위의 글 중에 '서로 자극하고 서로 교정해주고 성장에 대한 자극을 주어야 한다'는 대목은 어쩌면 너희와 같은 십 대의 시기에 친구들에게 해주어야 할 가장 중요한 일이 아닐까 생각해.

우리 옛말에 '친구 따라 강남 간다'는 말도 있지. 가끔 우린 친구와 함께 정말 훌륭하고 의미 있는 일을 하기도 하지만 또 가끔은 친구와 함께 후회할 일을 하기도 하지. 지금의 너희는 '친구들과 같이'이기에 더 용감해질 수도 있고 무모해질 수도 있는 시기가 아닐까 한다.

나로 인해 내 친구의 삶이 조금 더 의미 있어진다면 우리의 삶 또한 조금 더 행복하지 않을까?

친구가 참으로 큰 의미를 가지는 시기이니 만큼 너희의 우정 또한 참으로 소중한 것일 거야. 하지만 그것이 도리어 친구와 나, 모두를 퇴보시키거나 힘들게 한다면?

'친구를 보면 그 사람을 알 수 있다'는 말이 있어. 모두가 가만히 있어도 친구라는 그 이유 하나만으로도 서로에게 도움이 되는 그런 친구가 되었으면 하는 바람이다. 사랑해.

20년 뒤
오 헨리, 이레

어떤 선배가 고등학교 졸업 후 20년이 지난 마흔 살
이 되었을 때 동창회를 다녀온 뒤 해주신 말씀이다.

"우리 반 꼴찌가 전교 꼴찌였는데…… 워낙 공부
를 못하니까 선생님들이 자주 그놈을 윽박질렀거든
요. 나중에 도대체 뭐가 되려고 이러냐고. 그때마다
그 아이는 나중에 할 거 없으면 똥이나 푸면서 살면
되니 자기를 가만 두라고 말하곤 했어요. 우리가 학
교 다닐 때는 골목마다 지게를 지고 똥 푸러 다니는
사람들이 있었거든요. 그런데 어제 그 친구가 내미는
명함을 보고 깜짝 놀랐지 뭡니까? ○○위생 사장, 이
라고 적혀 있는 거예요. 똥 푸는 일은 맞지만 지게를
지고 힘겹게 골목을 돌아다니는 것이 아닌 대형 트럭을 수십 대 가진 엄청난 회사
의 사장이 된 거죠. 동창들 중에 가장 성공한 사업가가 되어 나타난 전교 꼴찌를
보면서 모두 무슨 말을 해야 할지 몰랐지요. 아이들의 미래를 함부로 말하면 안
된다는 것을 새삼 느끼고 돌아왔답니다."

20년 후 어떤 모습이고 싶은가?

가난하고 힘든 시절을 살고 있는 십 대 두 명이 있었다. 두 사람은 20년 뒤에
다시 만나자고 약속했다. 그 날이 되어 각자 약속 장소로 간다. 현상수배범이 된
한 사람. 그리고 그에게 말을 걸어오는 경찰관. 20년 전의 약속을 지키기 위해 왔
다는 현상수배범에게 꼭 그 친구를 만나기를 바란다는 말을 남기고 떠나는 경찰
관. 자신의 삶은 스스로 만들어가는 것이다. 누구나 성공한 자신의 모습을 꿈꿀
것이다. 이 책 속의 두 친구 또한 성공하리라는 꿈을 꾸었을 것이고 자랑스러운
모습으로 20년 후의 약속 장소로 가리라 상상했을 것이다. 현상수배범이 될 수도
경찰관이 될 수도 있는 알 수 없는 미래. 하지만 그 미래는 지금의 나날들이 모여
얻어지는 것이리라.

스스로 할 수 있는 힘이
진짜 실력이다

"우선 이거 한번 볼래?"

나는 휴대전화에 저장되어 있는 사진을 준수 앞에 내밀었다.

"이게 뭐예요? 문제집 같은데 여기 붙은 포스트잇은 다 뭐예요?"

"뭘 거 같아? 궁금하지?"

"선생님이 시험에 나올 만한 것을 찍어서 표시해준 거예요? 이건 꼭 나올 것 같으니 이것만은 정확하게 알고 시험을 쳐라, 뭐 이런 거 아닌가요? 우리 엄마도 제가 시험 칠 부분에 이렇게 표시해주곤 해요. 근데 이거 왜 보여주시는 거예요?"

"준수에게 해주고 싶은 이야기가 있어서. 선생님 후배 아들이 대학교 영재원을 다녀. 얼마 전 발표 과제가 있다고, 그 아이 엄마가 나더러 준비를 좀 도와달라고 하더구나. 그냥 혼자 하도록 두라니까 한 번도 혼자 힘으로 해본 적이 없다면서 과제 준비며 아이디어 모두 나보고 해달라는 거야. 초등학교까지는 자기가 도와줄 수 있었는데 중학교 과제는 게다가 영재원 과제는 수준이 있어 어렵다고. 게다가 자신은 컴맹이라 파워포인트를 전혀 모른다면서."

"대학 영재원에 다닌다니…… 저희 엄마가 제일 부러워하는 집이네요, 그 집."

"그래?"

"저희 엄마도 저를 그곳에 보내고 싶어 했었거든요. 제가 실력이 안 돼서…… 엄마가 참 많이 속상해하셨어요. 근데 왜 저한테 이런 이야기를 하시는 거예요?"

"글쎄…… 아마 이야기가 다 끝이 나면 준수 스스로가 알 수 있지 않을까 하는데……"

"제가 뭐 잘못한 게 있나요?"

"그런 건 아니야. 일단 이야기를 끝까지 들어줬으면 해."

"네. 하지만 조금 두려운 건 사실이에요."

"두려워할 거까지 없어."

"엄마는 늘 저보다 똑똑한 아이들 이야기를 해요. 선생님이 이야기하려는 아이도 대학 영재원에 다닌다니…… 우리 엄마가 정말 부러워하는 아이인데……."

"글쎄……. 어쨌든 후배가 하도 부탁을 하기에 아이를 일단 보내보라고 했는데 하루가 꼬박 걸려 결국 그 아이는 밤 12시가 넘어서 집으로 돌아갔단다.”

“영재원 과제가 그렇게 어려웠나요?”

“아니. 선생님이 아무것도 안 도와주는 바람에 오전 내내 아이는 컴퓨터 앞에 앉아서 몇 가지 조사해온 것을 워드로 정리하기만 하더구나. 그러면서 수시로 나에게 묻는 거야. 이 단어의 뜻은 뭐예요? 이건 이렇게 정리하면 되나요? 내가 한 대답은……”

“뭔지 알아요.”

“그래? 뭐였을 것 같아?”

“안 봐도 비디오죠. 네가 찾아보렴.”

“빙고! 선생님이 아무것도 안 가르쳐주자 아이는 슬슬 짜증이 나는지 그것도 안 가르쳐주면 어떻게 과제를 할 수 있겠느냐고 하더니 자기 엄마에게 전화를 해서 데리러 오라고 하는 거야. 아이가 다 한 줄 알고 우리 집으로 온 후배는 아이가 해놓은 것을 보고 기막혀하면서 나를 원망하더구나. 조목조목 좀 가르쳐주면 좋을 텐데 하면서.”

“좀 도와주지 그러셨어요? 하긴 선생님이 그러실 분이 아니죠.”

“알아주니 고맙구나. 그때 선생님이 그 아이를 가장 크게 도울 수 있는 방법이 무엇이었을까? 그건 바로 그 아이가 스스로의 힘으로 과제의 내용을 파악하고 무엇을 조사할 것인가 계획을 세우고 직접 검색을 하여 조사하고 정리하는 것까지 할 수 있도록 해주는 것이었어.”

“하지만 그건…… 그 아이에게는…… 이제까지 엄마가 다 해주던 아이가 어떻게……"

"그 과제를 제대로 하지 못하더라도 자신의 힘으로 해야 한다는 것을 알아야 한다고 생각했어. 태어날 때부터 알고 지낸 사이라 정말 총명한 아이라는 걸 알아. 그런데 시키는 것은 잘하지만 스스로 찾아서는 못 하는 것이 늘 아쉬웠거든."

"그래서 결국 어떻게 됐어요? 그러고 그냥 집으로 갔나요?"

"아니. 후배에게 아이를 나에게 맡겨달라고 했지. 어차피 후배의 힘으로는 도와줄 상황이 아니니 아이에게 기회를 한번 줘보자고. 후배도 별 도리가 없었던지 자기 아이에게 시간이 걸리더라도 해보라고 하더구나."

"아이의 반응은 어땠어요?"

"놀라운 것은 아이가 엄마 말은 너무 잘 듣는다는 거야. 아이 말로는 엄마 말 안 들으면 곧 죽음이라고. 좀 신한 표현에 놀라기는 했지만 어떻게 해서든 엄마가 하라는 것은 다 해놓아야 사는 게 편하다고 하면서 나에게 보였던 반응과는 달리 고분고분 컴퓨터 앞에 앉던걸."

"하긴…… 제 친구 중에 한 명이 중학교 입학식을 마치고 집에 와서 제일 먼저 책상 앞에 이런 글을 적어 붙였대요. '엄마에게 볶여 죽느니 공부하다 죽자.' 그 이야기 듣고 섬뜩했어요."

"그 이야기 들으니 마음이 짠하네."

"그 친구 엄마 진짜 많이 시키거든요. 초등학교 6학년 때 중학교 수학은 물론이고 수학 10까지 선행학습을 시켰으니."

"초등학생이 수학 10이라…… 그래? 아마 선생님 후배 아이도 다르지는 않을 것 같더구나. 그날 아이의 과학 지식에 엄청 놀랐거든. 중학교 1학년이 고등학교 물리와 화학 내용을 거의 다 알고, 아는 정도가 아니라 이해하고 적용할 줄 알던걸. 물론 그 정도 하니 영재원에 들어갔겠지만 말이야. 어쨌든 다시 컴퓨터 앞에 앉은 아이는 힘들어하기는 했지만 워드 작업을 혼자서 해내더구나. 그래서 그 내용마다 내가 엄청난 질문을 해댔지."

"질문을요?"

"그 과제는 워드로 작업한 보고서를 제출하는 것이 아니라 발표하는 것이었거든. 발표를 한다면 듣는 사람들이 질문을 할 거잖아. 예상되는 질문들을 쏟아내자 아이는 '그럼 그런 질문을 예상해서 내용을 다 적어야 한단 말이에요?' 하면서 땅이 꺼져라 한숨을 쉬는 거야."

"그렇게까지……"

"아이에게 그랬지. '네가 듣는 사람들의 입장이 되어서 질문을 해봐. 그러면 네가 쓰는 보고서에 어떤 내용이 어느 정도 깊이로 들어가야 할지 알게 될 거야. 네 머릿속에 있다고 다 생략하고 간단하게 적으면 다른 사람들은 거의 이해하지 못해. 그렇다고 너무 많으면 어떨까? 빽빽하게 적힌 것은 너도 읽어보기 싫을 거잖아. 그러니까 어느 정도의 양으로 해야 할지도 너 스스로 결정할 수 있어야 하는 거야' 하고. 아이는 한동안 난감한 표정으로 앉아 있더니 다시 작업을 하더구나."

"그래서 밤 12시가 넘어서야 끝이 났군요?"

"아이 엄마는 거실에서 궁금해하기는 했지만 내가 끝날 때까지 서재에 들어오지 못하게 했지."

"그 엄마 진짜 답답했겠다. 우리 엄마 같았으면……"

"그 아이를 진정으로 위하는 길은 엄마와 조금 떨어지는 것이라고 생각했어. 힘들어도 변해야 한다고."

"결국 파워포인트까지 혼자서, 아이 혼자서 다 한 거예요?"

"아이 엄마는 자신이 컴퓨터를 모르니 아이도 모를 것이라고 생각했던지 파워포인트는 내가 대신 해줘야 한다고 신신당부를 하더구나. 하지만 아이는 생각보다 파워포인트를 아주 잘 다루던걸. 기능은 거의 알고 있지만 그것을 이용해 멋진 자료를 만드는 아이디어가 없었던 거야. 내가 도와준 것은 어떻게 하면 다른 사람들에게 과제 내용을 잘 전달할 수 있는가에 대한 생각을 하도록 유도해주고, 아이가 생각해낸 방법을 적용시켜보았을 때 의도한 효과가 있을 것인가에 대해 아이와 의논하고 수정하는 과정이었어. 아이가 그러더군. '이런 일은 경험이 정말 중요하네요. 그냥 머릿속으로 생각할 때하고 직접 쇼를 해보는 거 하고는 많이 달라요. 그리고 재미있어요. 그림의 위치가 조금만 달라지거나 글자 크기나 색깔이 바뀌어도 효과가 확연히 달라진다는 걸 알았어요. 그리고 그림도 나타나게 하는 방법이 아주 다양한데, 그 그림의 내용이나 그 그림을 쓰는 의도에 따라 나타나게 하는 방법을 다르게 해야 한다는 것도 처음 알았어요. 신기해요.'

라고."

"아이가 그때 많은 걸 깨달았겠네요."

"그리고 실제로 쇼를 실행시키면서 발표 연습을 시켰지. 머릿속에 있는 내용과 프린트된 종이에 있는 내용이 자신의 입을 통해 말로 표현될 때는 또 엄청난 차이가 있다는 것을 알았다고 하더구나. 그러면서 발표날까지 연습을 많이 해야겠다고."

"그래요? 엄마 없이도 혼자서 진짜 해냈단 말이죠?"

"근데 사진 이야기에서 너무 멀리 왔네. 하긴 결국 같은 이야기이긴 하지만. 아직도 그 사진 속에 포스트잇이 내가 뽑아준 부분이라고 생각하니?"

"아니오. 그럼 이건 도대체 뭐예요?"

"선생님 작은 아이가 시험공부를 했는데 아이가 틀린 문제가 있는 부분에 붙여둔 거야. 시험공부하면서 문제를 풀었는데 나보고 채점을 해달라고 했었거든."

"틀린 것이 이렇게 많아요?"

"그렇게 보이니? 네가 몰라서 그렇지 틀린 것은 맞은 문제에 비하면 얼마 되지 않아. 진짜 많이 풀었다니까. 풀어본 문제가 워낙 많아서 사진처럼 문제집을 쌓아두니 포스트잇이 많게 느껴지는 거야."

"그래서 틀린 거 다시 풀어보게 하셨어요?"

"아니, 채점한 문제집을 책장 맨 위에 얹어 정빈이가 못 찾도록 감춰버렸어."

"왜요? 아침에 틀린 문제 다시 보고 시험 치러 가야 하잖아요?"

"다음 날 아침에 아이가 문제집을 찾기에 어제 너무 잠이 오는 걸 참으면서 점수를 매기다가 문제집을 어디다 뒀는지 기억이 전혀 안 난다고 했어. 어제 일을 기억 못 하느냐고 흥분하는 아이에게 기억나는 건 정빈이가 푼 문제가 너무너무 많았다는 거, 그리고 정답을 찾은 문제도 아주아주 많았다는 거, 그래서 동그라미를 하느라 어머니 팔이 몹시 아팠다는 거, 그래도 정빈이가 잘한 것 때문에 진짜 기뻤다는 거, 이 정도 기억하는 것도 대단하지 않느냐고 했지. 그리고 아침에 문제집 꼭 봐야 하는 것도 아니지 않느냐고 학교 갔다 와서 봐도 되니까 그때쯤이면 기억을 떠올려 찾을 수 있을 거라고 했지. 그랬더니 아이는 맞힌 문제가 많아 어머니 팔이 아팠냐고, 자기가 그렇게 잘했냐고 아주 기뻐하던걸."

"그래도 틀린 문제는요. 그걸 봐야 시험을……."

"아이도 그렇게 말하기에 물론 틀린 것도 있었고 당연히 다시 봐야 하지만 이 바쁜 아침에 볼 수는 없으니 학교 갔다 와서 보라고, 시험이 내일이니 시간은 충분하다고 이야기해줬지. 다음 날 시험에서 정빈이가 몇 문제를 맞추었는지 아니?"

"굉장히 낯설어요. 보통은 몇 개 틀렸느냐고 묻지 않나요?"

"그런가? 80문제 중 74문제. 정말 잘했지?"

"역시나 이상하기도 하고 어색하게 들려요. 80문제 중 74개. 순간적으로 그렇게나 많이 틀렸어, 하는 생각이 들던걸요. 제가 늘 틀린 것을 묻고 말하고 그래서 그런가. 그리고 아, 맞은 문제 수지, 하고 생각해도 금방 그럼, 6문제나 틀린 건데, 뭘 그렇게 많이 틀린 거야, 하는 생각이. 그런데 선생님은 자랑스러운 얼굴로 너무 잘했지 않냐고 물으시니."

"준수야, 선생님이 준수하고 이렇게 긴 이야기를 하는 이유가 뭔지 아니?"

"……."

"선생님이 준수하고 수업을 하면서 느낀 것이 두 가지야. 준수는 정말 머리가 좋고 총명한 아이야. 그런데 늘 생각보다는 질문이 앞서지. 네가 스스로 생각하기보다는 누군가에게 물어보는 것이 습관이 된 것 같아. 아까 들려준 후배 아들 이야기, 어땠어?"

"……."

"준수 자신을 보는 것 같다는 생각이 들지는 않았니? 준수가 해오는 과제를 선생님이 꼼꼼히 살펴보면 준수 혼자 힘으로 할 수 있는 것도 누군가의 도움을 받은 흔적이 너무 많아. 물론 어머니께서 도와주겠다고 하셨겠지만 이제는 준수 혼자서 할 때가 되지 않았니? 고등학교 1학년인데."

"늘 엄마하고 같이 하는 것이 당연한 것처럼 되어서요."

"다른 과목의 과제들도 교과 선생님께 물어보니 준수의 것은 정말 뛰어나기는 하지만 수업 시간에 준수 혼자 문제를 해결할 때는 많이 달라 좀 당황스럽다고 하시더구나."

"제 힘으로 안 한 건 없어요. 그저 엄마가 계획을 세워주고 참고할 자료들을 챙겨주시는 것뿐이에요."

"그 계획을 준수 혼자 세우고 어떤 자료들을 어떻게 활용할 것인가를 혼자 결정해보는 건 어때?"

"그렇게 하면 다른 아이들보다 못하게 되잖아요."

"그럼 언제까지 그렇게 어머니의 힘을 빌릴 생각이지?"

"고등학교에서는 내신도 중요하니까 저 혼자는 정말 힘들어요. 저만 그런 것도 아니잖아요. 다른 아이들도 다 그렇게 도움받는데 왜 저만 가지고 이러시는 거예요? 진짜 다른 애들도 다 그런다니까요. 솔직히 안 그러는 아이가 있다는 것이 더 이상한 거죠."

"그럴지도 모르지. 하지만 후배 아들처럼 조금 서툴기는 하지만 자신의 힘으로 걸어보려 애쓰는 아이와 언젠가는 많은 차이가 생길 거라는 거 생각해보지 않았니? 지금은 당장 쉽고 편하고 결과도 좋겠지만 언제까지나 그렇게 살 수는 없는 거야. 혼자서 할 수 있는 힘을 기르는 것은 참으로 중요해."

"나중에요. 나중에."

"나중에 언제?"

"그건…… 모르겠어요. 언젠가는……."

"그 언제가 지금이었으면 해. 네가 진짜 실력을 발휘하기 위해서는 말이야. 선생님 후배처럼 어머니께서 어느 순간 너를 더 이상 도와줄 수 없는 시기가 온다면?"

"그렇지 않아요. 저희 어머니는……"

"부모 마음은 다 그래. 언제까지나 옆에서 도와주고 싶지. 하지만 그렇지 못할 때도 있다는 것을 네가 알았으면 해. 네 힘으로, 작은 것이지만 진짜 네 힘으로 해낼 수 있어야 해."

인생은 과정도 중요하다

오늘부터 중간고사가 시작되는구나.

선생님은 너희에게 선생님의 마음을 담은 선물을 준비하느라 새벽 4시에 일어나 주방에서 오븐에 머핀이 구워지는 것을 기다리며 이 편지를 쓴다. 우리 집의 머핀 틀이 한꺼번에 12개밖에 굽지 못해서 시간이 무척 걸리거든. 준비하고 굽고 다시 준비해서 굽고. 머핀 굽는 재료는 굽기 직선에 얼른 섞어서 구워야 하거든. 비록 너희가 받는 것은 머핀 1개이지만 여기에는 너희를 정말정말 많이 사랑하는 2학년 5반 엄마의 마음이 듬뿍 들어 있다는 것을 알아줘야 해. 아침을 든든히 먹어야 시험도 잘 칠 수 있대. 시험 첫날이라 바쁜 마음에 아침 거르고 온 아이들이 있을까봐 선생님이 준비를 한 거야. 선생님이 요리를 좋아하는 건 요리하는 것 그 자체가 즐겁기도 하지만 이렇게 누군가에게 마음과 정성을 듬뿍 담아 전할 수 있어서 참 좋아.

선생님이 이런 이야기를 했었지?

1학기 중간고사 첫날, 아이들에게 줄 머핀을
구우면서 찍은 사진

너희의 생활기록부에서 성적은 보지 않았다고. 그래서 선생님은 너희의 성적을 전혀 모른다고. 우리 반에서 누가 공부를 제일 잘하는지, 누가 공부와 담을 쌓았는지 선생님은 아직 모른다고.

어쩌면 이런 선생님이 너희 눈에는 게으르거나 아이들에게 관심이 없는 것처럼 보일지 모른다는 것도 알아. 하지만 선생님은 너희를 좀 더

넓은 시각으로 보고 싶어. 공부만이 아닌 다른 많은 것들을 너희에게서 찾아내고, 그래서 조금이라도 더 너희의 진정한 모습에 가까이 가고 싶어. 그렇다고 공부가 중요하지 않다는 건 절대 아니라는 것도 알지?

예쁜 우리 아이들에게 시험을 앞두고 몇 가지만 부탁을 하자.

너희가 해온 만큼의 결과를 얻을 수 있도록 최선을 다해주길, 실수하지 않고 침착하게 해주길 바란다. 열심히 해왔으니 좋은 결과를 얻을 거라 믿어.

그리고 정정당당한 모습으로 시험에 임해주기 바란다. 너무 잘하고자 하는 욕심에 스스로에게, 친구들에게 부끄러운 모습은 아니었으면 한다. 선생님도 대학 시절 커닝을 해본 경험이 있어. 한 번도 그런

적 없다고 거짓말은 하지 않을게.
그땐 선생님 스스로에게 변명을 엄
청 해댔었지. 나만 하는 게 아니다,
많은 아이들이 하는데 바보같이 손
해 볼 이유가 무엇이냐, 그리고 좋
은 성적을 위해서는 이렇게라도 해
야 한다 등등. 하지만 그 일들은 곧
나를 무척 부끄럽게 했고 후회하도
록 했어. 그리고 내가 선생님이 되

아이들에게 머핀과 함께 보내는 편지. 후배
교사들을 위한 연수에서 파워포인트로 설
명하면서 밑줄을 친 것이다.

어 아이들에게 커닝을 하면 안 된다는 말을 해야 하는 입장이 되고
나니 더더욱 나를 힘들게 하더구나. 내가 시험감독을 하다 커닝하는
아이에게 훈계를 했다는 말에 선생님의 대학 동창이 이렇게 비웃었
다는 이야기를 전해 듣고 몇 날을 잠을 이루지 못하고 괴로워했던 적
도 있어.

"자기도 대학 때 커닝했으면서 커닝하는 애를 혼냈단 말이야? 웃
긴다."

그것은 내게 정말 지워지지 않는 상처로 남게 되었지. 물론 이 이야
기는 선생님의 지극히 개인적인 경험이야. 하지만 선생님이 너희에게
선생님의 이런 부끄러운 모습까지 드러내는 이유는 뭘까? 너희가 선
생님과 같은 시행착오는 하지 말았으면 하는 마음에서야.

'선생'이 '먼저 살아본 사람' 아니겠니?

너희보다 조금 먼저 살아가면서 너희가 조금 덜 시행착오를 겪고, 그래서 조금 덜 후회하고 조금 덜 아파하며 더 많이 행복하고 더 많이 즐거운 삶을 살 수 있도록 작은 도움이나마 주고 싶은 사람.

사랑하는 아이들아.

스스로의 힘으로 느리지만 조금씩 조금씩, 차곡차곡 진정한 자신의 탑을 쌓아가길 바란단다. 그렇게 올라간 탑은 흔들리지도 무너지지도 않을 거라 믿어.

시험 기간 동안 건강 해치지 않도록 조심하길…… 사랑한단다.

(1999년부터 담임을 맡은 반 아이들이 1학기 중간고사를 치르는 첫날에는 늘 빵을 구워서 학교에 간다. 1999년 그해 우리 반에는 어머니가 없는 아이들이 서른일곱 명 중 열네 명이나 있었다. 시험 치는 날조차도 아침을 거르고 오는 아이들이 있을 거라는 생각에 그저 내가 쉽게 할 수 있는 것이 빵을 만들어주는 것이라 생각해 새벽에 일어나 아이들 숫자만큼 구워서 갔었는데, 아이들은 그 빵이 너무 아까워서 시험을 다 치고 종례를 하러 갔을 때까지도 거의 먹지 않고 바라만 보고 있었다. 그때 가슴 속으로 얼마나 울었는지 모른다. 이 작은 빵 하나에 아이들이 그렇게까지 좋아하고 감동할 줄은 몰랐다. 그때 다짐한 것이 내가 현장에 있는 한, 담임을 하게 되면 꼭 이것만은 해주리라는 것이었다. 그 후 지금까지 해마다 이런 행사를 해오고 있다.)

전태일 평전
조영래, 돌베개

전태일이라는 이름은 한 번쯤은 들어봤을 것이다. 그리고 그 사람이 자신의 몸을 불태워 분신자살을 한 사람이라는 것도. 하지만 그 이상을 이야기할 수 있는 사람은 그리 많지 않다. 왜냐하면 너무 많이 들어마치 잘 알고 있는 사람인 듯하고 노동법 어쩌고 하며 분신자살을 한 것이 그 사람이 한 일의 전부인 것처럼 느껴져 굳이 책을 펼쳐 그 사람에 대해 더 알아볼 필요는 없다고 생각하는 아이들이 많기 때문은 아닐까?

이 책을 통해서 전태일이라는 청년을 꼭 만나보길 바란다. 그를 통해 세상을 보고 그를 통해 주변의 친구들을 보고 그를 통해 자신을 한번 되돌아보는 시간도 가져보기를.

우리에게 배움이란 과연 무엇일까? 많이 배웠다는 것은, 많이 알고 있다는 것은? 무엇보다도 이 책을 통해 왜 배워야 하는지에 대해 생각해볼 시간을 선물 받을 수 있을 거라는 생각이다. 사람에 내한 따뜻한 마음도 함께.

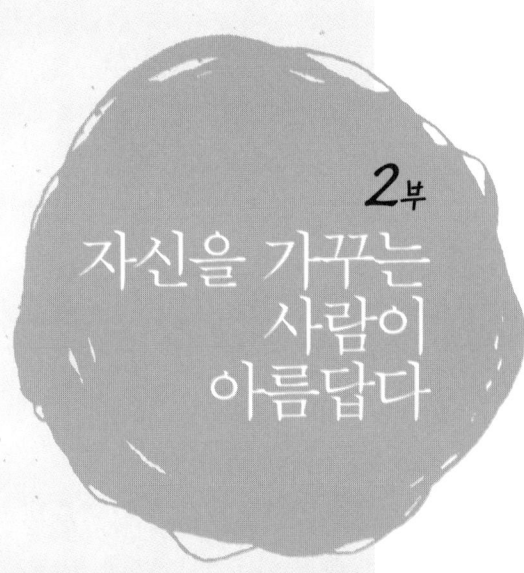

2부

자신을 가꾸는
사람이
아름답다

엄마에게 쓰는 편지

　　　　　올해도 어버이날을 맞아 엄마에게 이렇게 편지를 써요. 엄마는 이 편지 읽지 못하겠지만요. 엄마가 우리 곁을 떠난지 이제 5년이 되었어요. 그동안 나도 문주도 많이 컸어요. 어쩌면 길을 가다 우연히 마주쳐도 엄마가 우리를 몰라보지 않을까 하는 생각이 들 때노 있어요.

　　엄만 잘 지내시죠? 영은이도 잘 크고요? 아, 저번에 우연히 들었어요. 누구에게서인지는 비밀이고요. 사진도 본 적이 없어서 어떤 아이일까 궁금해요. 엄마를 닮았으면 눈이 너무 작을 것 같은데 어때요? 문주가 우리 눈이 작은 거 다 엄마 때문이라고 아침마다 쌍꺼풀 테이프 붙이느라 지각할 때도 있다니까요. 영은이도 우리처럼 엄마 닮아서 눈이 작은지 궁금해요. 영은이도 문주처럼 내 동생이잖아요. 엄마가 낳았으니까. 맞죠?

참, 우리 집에도 아기가 태어났다는 거 엄마 아세요? 이름은 현성이. 나랑 열다섯 살이나 차이가 나요. 문주는 자기가 대학생이 되어도 현성이가 초등학생도 안 된다며 징그럽다고 하지만 참 예쁜 아기예요. 가끔 너무 울어서 싫기도 하지만요. 새엄마는 늘 그렇듯 우리를 조심스러워해요. 특히 요즘 문주가 새엄마를 많이 힘들게 하거든요. 사춘기인 거죠. 이런 말 하니 좀 그러네요. 후후후. 저도 문주와 크게 다르지 않은 게 사실이거든요. 하지만 걱정 마요. 이 편지 쓰고 새엄마에게도 편지 쓸 거니까. 난 참 복도 많아, 그죠? 엄마가 둘이나 되니 말이에요. 친구들은 이런 나를 부러워하기는커녕 불쌍하다고 해요.

순미 알죠? 초등학교 3학년 때 내 짝. 아직 우린 그때처럼 붙어 다녀요. 동네에서는 쌍둥이 같다고 한다니까요. 순미는 가끔 내 눈치도 봐요. 특히 자기네 엄마 이야기할 때는. 순미네 엄마는 여전히 고함을 잘 지르지만 순미를 끔찍이 사랑하는 건 내가 봐도 알 수 있거든요. 얼마 전에 순미가 자기 엄마한테 물어보지도 않고 파마를 했어요. 엄마, 상상이 가죠? 동네가 시끄러웠다니까요. 그때 그런 생각했었어요. 나도 저렇게 고함 벅벅 질러대는 엄마가 있었으면 좋겠다고. 새엄마는 내가 파마를 해도 아무 말도 못할 테니까요. 그저 내 눈치만 보면서 어쩔 줄 몰라 하겠죠. 참 잘해주는데도 그런 새엄마보다 고함을 질러주는 엄마가 내 옆에 있으면 얼마나 좋을까 하고 생각해요.

엄마, 이제는 엄마 미워하지 않으니까 너무 마음 아파하지 마요. 그냥 좀…… 아니 많이 보고 싶은 거뿐이니까.

나 조금 있으면 고등학생 되잖아요. 다 큰걸 뭐. 나 공부도 잘해요. 문주가 문제지. 그래도 걱정은 마요. 문주도 차츰 괜찮아질 테니까. 내가 그랬던 것처럼. 나 많이 이뻐졌는데…… 아니다. 진짜는 남자 친구 생겼다는 이야기를 하고 싶었는데…… 엄마가 옆에 있으면 이런 이야기 이렇게 맘대로 할 수 있을까 싶기도 해요. 같은 학원에 다니는 앤데 잘생겼어요. 키는 그렇게 안 크고 여드름이 몇 개 송송 나 있는데 귀여워요. 남자 친구 있어도 괜찮죠? 아직 아빠는 몰라요. 아빠가 알면 뭐라고 할지 몰라 그냥 비밀로 하려고요. 아빠는 여전히 바쁘시고 여전히 고집쟁이시고 여전히……. 여전히…….

얼마 전에 아빠랑 노래방 갔었어요. 문주 생일 때. 문주가 하도 졸라서. 새엄마는 현성이 때문에 못 가고 우리 셋이서 갔는데 그때 아빠가 그러대요. 엄마 생각 안 나느냐고. 아빠가 엄마 이야기 꺼낸 거 처음이어서 깜짝 놀랐어요. 문주는 펑펑 울기만 하고 노래고 뭐고 불러보지도 못했지만 아빠의 그런 모습 본 것만으로도 충분하다고 생각해요.

솔직히 아직도 완전히 이해하지는 못해요. 엄마 아빠가 왜 그랬는지. 나와 문주를 두고 왜 그랬는지. 하지만 아빠는 엄마 많이 기다렸대요. 그런데 엄마가 결혼하고 영은이 낳고 그랬다는 소식 듣고……

엄마, 엄마나 아빠가 우리의 인생을 대신 살아주지 못하듯이 나와 문주가 엄마 아빠의 인생을 대신 살아줄 수 없다는 걸 알아요. 그래서 전부 이해는 못 하더라도 받아들여야 한다고 생각했어요. 고모는 내가 그런 이야기 하면 책을 너무 많이 읽어서 애늙은이 같대요. 그날 아빠가 그랬어요. 미안하다고. 그러면서 울었어요. 난 너무너무 슬플 때는 그런 생각을 해요. 이건 꿈이다. 이건 나 채영주가 깊은 잠을 자면서 꾸는 꿈일 뿐이다. 곧 깨면 괜찮아질 거다, 하고요. 하지만 이번에는 그런 생각 안 했어요. 아빠 우는 것을 보면서 많이 슬펐지만 꿈이라고 생각하면서 피하지 않았어요. 아빠도 우리만큼 힘들었다는 걸 알았으니까요. 어쩌면 아빠는 아빠 자신과 나, 그리고 문주 때문에 세 배로 슬펐을지도 모른다는 생각이 들었어요. 엄마도 그럴 거라는 생각이 들대요. 엄마도 나보다 세 배는, 아빠처럼 세 배는 슬펐을 거라고. 어쩌면 아빠까지 해서 네 배로 슬펐을지도 모른다는 생각.

엄마, 종이 쳤어요. 아시죠? 어버이날을 앞두고 쓰는 편지는 선생님께 내야 해요. 이 편지 다 쓰고 새엄마에게 쓴 편지 내려고 했는데 시간이 안 되어서 이걸로 낼게요. 이 편지 선생님이 읽어도 되죠?

마지막으로 한마디만 할게요. 우리 이제 그만 슬퍼하기로 해요. 엄마도 영은이와 아저씨와 많이 행복하길 바랄게요. 나도 아빠랑 문주, 그리고 새엄마랑 현성이와 같이 잘 살게요.

칭찬 일기를 써보자

오늘은 선생님이 책 한 권을 소개할까 해.

『엄마, 힘들 땐 울어도 괜찮아』

어떤 책일 것 같아?

인천에 있는 중학교 도덕 선생님이 아이들에게 '부모님을 칭찬하기'라는 수행평가를 내셨다는구나. 부모님을 칭찬하라고? 너희도 그런 생각이 들겠지?

이 책을 본 정빈이가 이러더구나.

"아이들이 어떻게 부모님을 칭찬해요? 칭찬은 어머니가 저한테 해주시는 거지."

아마 대부분의 아이들이 그런 생각을 하지 않을까 싶어. 그 학교의 아이들도 그랬었대. 하지만 아이들은 열심히 과제를 수행했고 그 결과 자기 스스로와 부모님 모두에게 많은 변화를 가져왔다는구나.

선생님도 이 책을 읽으면서 많은 생각을 하게 되었고 반성도 하고 여러 가지 배우고 따라 하고 싶은 것들이 생겼기에 너희도 꼭 읽어보았으면 하는 마음이란다. 선생님이 내일 우리 반 학급 문고에 가져다 둘 테니 읽어보기로 하자. 너희의 호기심을 자극하기 위해 책에 대해 조그만 더 소개할게.

이 책은 아이들이 쓴 네 줄짜리 칭찬 일기를 바탕으로 하였고, 칭찬 상황에 대해서는 만화가의 상상력이 보태진 것이라고 하는구나. 책 중간 중간에 NG episode라는 것이 있는데 무지 재미있어. 칭찬하는 아이들과, 아이들의 그런 칭찬을 듣는 부모님들 사이에서 생긴 에피소드들이더구나.

두 가지만 소개할게.

그리고「첫 번째 이야기 - 칭찬 무지 쑥스럽네요」중의 하나도 함께 소개할게.

어때? 정말 가슴에 와 닿지 않니?

선생님이 왜 이 책을 너희와 함께 읽고 싶은지를 이야기할게.

우린 누군가가 나를 칭찬해주면 참 기분이 좋아지잖아. 칭찬받고 기분 나쁜 사람은 없을 거야. 그렇다면 우리 부모님들은 어떨까? 솔직히 선생님도 칭찬을 받으면 좋아. 그러니 너희 부모님들도 마찬가지일 거야. 하지만 부모님을 기쁘게 해드리자는 이유만은 아니야. 부처님 눈에는 부처님으로, 돼지 눈에는 돼지로 보인다는 이야기 알고 있지? 그 말은 바로 내가 다른 사람들을 어떤 눈으로 보려고 하는가, 우리의 마음 자세가 어떠해야 하는가에 대해 큰 가르침을 주는 말이라고 생각해. 사람은 누구에게나 장단점이 있잖니. 하지만 우리 눈에 어떻게 보이는가 하는 문제에는 결국 내 마음이 그 사람을 어떻게 보느냐가 더 큰 영향을 미치는 게 아닐까 해. 그 사람의 나쁜 점, 잘못하는 점, 실수하는 모습에 우리의 눈과 마음을 모은다면 그 사람은 온통 단점투성이의 사람이겠지만 우리가 그 사람의 좋은 점, 잘하는 점에 눈과 마음을 모은다면 그 사람은 달라 보일 거야.

부모님을 칭찬해주는 일기를 쓰면서 내가 부모님을 어떤 눈과 마음으로 바라보고 있는가를, 즉 나의 마음 자세에 대해 생각해보고 부모님을 칭찬해드릴 것을 찾다 보면 부모님의 장점을 보려고 노력하게 되겠지. 결국 이 과정은 세상을 바라보는, 그리고 타인을 바라보고 대하는 마음의 자세를 어떻게 가져야 할지를 스스로 깨닫게 해주는 것이라는 것이 선생님이 이 책을 읽고 얻은 가장 큰 소득이란다.

그래서 말인데, 이런 일들은 우리도 해봐야겠지? 중학교 동생들에게서일지라도 배울 건 배워야 하지 않겠니?

너희도 이 책을 꼭 읽어보고 동생들이 했던 것처럼 칭찬 일기도 써보기로 하자. 물론 여기서 말하는 부모님이 꼭 아버지 어머니만은 아니라는 거 알지? 지금 나와 함께 생활하고 있는 가족이라면 어느 누구도 가능할 거야. 할머니, 할아버지, 이모나 고모, 언니, 동생 등등.

먼저, 이 책에 실린 '칭찬 일기' 7대 원칙을 이야기할게.

칭찬 일기를 쓰면서 꼭 지켜야 할 사항은 다음과 같다.

1. 비밀 : 칭찬 일기는 비밀 일기처럼 부모님 모르게 적는다.

2. 무대가 : 부모님께 칭찬의 대가를 요구하지 않는다.

3. 세심한 관찰 : 부모님의 행동, 말, 표정, 존재 자체, 가치관 등 부모님과 관련된 사소한 내용이라도 자세히 관찰하여 칭찬한다.

4. 표현법 향상 : 칭찬 표현이 너무 반복되지 않도록 스스로 노력하여 칭찬 표현 기술을 높인다.

5. 용기 : 칭찬 표현이 힘든 가정일수록 칭찬이 더욱 필요한 가정이므로 더욱 용기를 가지고 끝까지 칭찬한다.

6. 배우는 자세 : 칭찬을 잘하는 친구의 사례를 잘 듣고 적극적으로 배우려 노력한다.

7. 자연스러움 : 노골적이고 형식적인 칭찬은 가능한 지양하고, 마음을 자연스럽게 표현하도록 한다.

그리고 동생들이 직접 썼다는 칭찬 일기장 샘플도 소개되어 있는데 이런 거야.

날짜 : 6월 7일 토요일(14번째) ○학년 ○반 ○번 이름 : ○○○
칭찬의 상황은? : 아빠가 술을 끊겠다고 말씀하신 저녁 시간.
칭찬한 말은? : "진짜지? 다른 말 하기 없기. 할 수 있다!!!"

부모님의 반응은? : "당연하지" 하며 술을 끊겠다는 다짐을 여러 번 되뇌셨다.

오늘 칭찬 활동에 대한 나의 생각은? : 사실 아빠의 그 다짐은 100번 이상 들은 것 같다. 그래도 결심하신 아빠의 다짐을 무너뜨리기 전에 격려(?)와 할 수 있다는 생각을 불어넣어 드린 게 정말 잘한 일인 것 같다.

어때? 할 수 있겠지?

이 글을 읽고 바로 첫 번째 칭찬을 시작해보기로 하자. 일단 칭찬 거리를 찾아야겠지. 당장 컴퓨터 앞을 떠나 칭찬받을 가족을 찾아 나서도록.

가족의 탄생
김태용 감독, 고두심 ·
문소리 · 엄태웅 주연

영화 〈괴물〉을 보고 돌아오는 길에 칠순의 아버지는 "이 영화는 가족 영화다. 요즘은 가족이라면 애비 에미, 그리고 제 자식들만 생각하지만 이 영화에는 할아버지도 나오고 고모도 나오고 삼촌도 나오잖아. 그 모두가 다 가족이라는 것을 이야기하는 거야. 가족이 아니면 그렇게 못하거든. 누가 자신을 버리고 그렇게 할 수 있겠어? 가족이니까 하는 거지."라고 말씀하셨다. 가족에 대해 많은 생각을 하게 해주시는 말씀이었다. 하지만 그래도 그건 조금 확장된 가족의 영역, 예전에는 당연(?)했던 가족의 개념이었다. 그렇지만 변하고 있다. 가족이라는 것에 대한 생각도 정의도. 그러면 지금의 우리에게 가족이란 무엇일까?

이 영화는 가족에 대한 이야기를 담고 있지만 참으로 독특하다. 그리고 사랑을 전하는 방식은 조금 낯설기도 하고. 어쩌면 우리 모두가 하나의 가족이라는 것을 이야기히고 싶었던 듯하다. 보이지 않는 끈으로 이어져 있는 이 사회 전체가 결국은 하나라는…… 세상 사람 모두의 마음에 그런 생각이 있다면 이 사회는 좀 더 살기 좋은 곳이 되지 않을까.

'진로와 직업'
시간에 배운 것

      '진로와 직업' 시간은 내가 제일 싫어하는 시간이었다. 일주일에 한 번 있는 이 시간은 정말 나를 귀찮게 했다. 시간마다 뭘 그렇게 많이 생각하고 많이 적어보라는 건지. 나는 내 꿈이 무엇인가에 대해 대답하는 일이 가장 싫었다.

    '도대체 뭘 적어보라는 거야? 꿈? 꿈같은 소리하고 앉았네. 저 선생은 정말 우리에게 꿈이라는 것이 있다고 생각하는 걸까? 하긴 꿈이 있기는 있지. 수능 대박 나서 좋은 대학 가는 거. 수시로 갈 수 있음 그보다 좋은 일은 없고. 수능 대박이 꿈이라고 적을까?'

    나는 공부를 아주 잘한다. 사람들은 내가 아주 거창한 꿈을 가지고 있고 그것을 위해 열심히 공부하는 줄 알지만 천만에다. 나는 그저 공부를 한다. 진짜다. 아무 이유 없이 그저 공부를 한다. 못하는 것보다는 잘하는 것이 낫지 않은가. 굳이 이유를 찾으라면…… 잘하는 이유가 아니라 잘하게 된 이유가 되겠지만, 엄마는 아주 어릴 때부터 내게 많은 것을 가르쳤다. 하긴 요즘 나만큼 안 하는 아이가 또 어디 있겠느냐만 조금의 차이가 있다면 엄마는 내게 잔소리도 하지 않고 그렇다고 하기 싫다는 것을 억지로 시키지도 않으면서…… 그러니까 지금 생각하니 그게 우리 엄마의 남다른 능력인 것 같다는 생각이 든다. 나는 어쩌면 실력 있는 조정가 엄마에 의해 잘 움직여온 인형이었는지도 모른다. 하지만 나는 그렇게 힘들지도 않았고 그렇다고 공부가 그렇게 싫었던 것도 아니었다. 그래서 내가 할 수 있는 대답은 '그저 공부를 한다'일 수밖에 없다. 그렇다고 내가 싸가지가 아주 없거나 해서 친구들이 없는 것도 아니다. 그래서 나는 남들이 보면 참으로 괜찮은, 그러면서 모든 것을 잘하는 우등생에 범생이면서 친구들과도 잘 지내는, 담임 말로는 복이 많은 아이다. 그 다음에 꼭 따르는 말, 엄마가 아이를 참 잘 키웠어.

　꿈을 찾으라고 했다. 그것도 아주 크고 구체적인 꿈을. 나는 이 작업이 제일 싫었다. 어느 날은 자신이 그동안 찾은 꿈을 다른 사람들에게 소개하는 시간을 가졌다. 남들에게 널리 알려놓으면 그 꿈을 향해 더욱 열심히 갈 거라나 어쨌다나.

　소연이의 꿈은 교대에 가서 초등학교 선생이 되는 것이란다. 저런 싸가지가 선생이 되면 우리나라 아그들 불쌍해서 어쩌나. 교육의 미래를 생각하니 눈물이 앞을 가린다. 이유도 참으로 소연이답다. 아주 안정적인 직업이라서……. 아마도 저 꿈은 소연이의 꿈이 아니라 소연이 엄마의 꿈일 것이다. 이제 겨우 열일곱 살인 아이가 안정적이라는 이유로 직업을 선택한다는 것은 좀 억지스럽지 않은가. 하긴 스승의 날 선물 많이 받으려고 초등학교 교사가 꿈인 아이도 있었으니 그럴 수도 있겠다. 다들 취직 안 돼 난리라는데 안정적인 것이 목표가 될 수도 있지 않겠는가.

민경의 꿈은 뮤지컬 제작이란다. 그래, 좋겠다. 민경이는 고등학교만 졸업하고 언니 오빠가 공부하고 있는 뉴욕으로 바로 갈 거란다. 거기서 음악 공부를 하고 뮤지컬을 만드는 사람이 되겠다고. 언니와 오빠가 아주 잘되었기 때문에 자기도 그렇게 되어야 한다는 말만 안 했으면 백 점이었을 텐데. 우리 엄마가 제일 부러워하는 집이 민경이네 집이다. 아이가 넷이나 되는 것에서부터 그 아이들 모두 뉴욕에서 공부시킬 수 있는 빵빵한 재력. 그리고 또 하나. 맏이가 잘되니까 밑에 아이들은 그저 따라서 잘한다나. 엄마가 나에게 제일 하고 싶은 말이 마지막, '맏이가 잘되니' 그 말일 거라는 것도 안다. 우리 집도 민경이네보다 하나 모자라는 셋이니까. 아이 수에서도, 재력에서도 밀리지만 '맏이가 잘되어서'에서만큼은 동등하고 싶은 것이 엄마 마음일 것이다. 아, 하여튼 반상회는 없어져야만 해.

수빈이는 일식 요리사가 꿈인데 만화 『식객』을 보고 가지게 된 꿈이란다. 만화가 한 아이의 인생에 이렇게 도움을 줄 수도 있다니 만화가가 꿈인 미선이의 어깨가 으쓱하겠다. 그런데 저것들 공부는 지지리도 못하는 것들이 꿈은 하나같이 거창하기는.

'아, 지겹다. 이런 걸 꼭 해야 한단 말인가.'

나는 민혁이에게 문자메시지를 보내야겠다고 생각했다.

'뭐라고 할까? 넌 꿈이 뭐니?'

민혁이의 대답은 뻔했다. 아버지와 형과 같은 의사가 되는 것. 민혁이에게 선택의 여지가 있을까? 내가 아는 민혁이는 찰리 채플린을 아주 좋아하고, 그래서 독립 영화를 만들어보는 것이 꿈일 텐데.

민혁이는 여자들은 좋겠다고 했다. 드라마에서 다양한 직업들을 소개해주니 그중에 하나를 찍어도 괜찮지 않느냐고. 드라마 여주인공의 직업은 그래도 다양하지 않느냐고. 근데 남자 주인공이라고는 재벌 2세가 전부니. 재벌 2세를 꿈꿀 수는 없지 않느냐고.

하긴 인기 있는 드라마가 바뀔 때마다 슬비의 꿈도 달라졌다. 내가 아는 것만 해도 벌써 대여섯 번은 바뀌었을 것이다. 지금은 비서가 꿈이란다. 재벌 2세의 비서. 아마도 그런 드라마가 뜨고 있는 중일 게다. EBS 강의 듣는다고 산 PMP로 매일 드라마나 보고 있으니. 하긴 진로 선택에 도움을 받고 있으니 나쁘진 않다. 어쨌든 슬비는 꿈이 있는 거니까. 아, 내 차례가 다 되어가는데……. 뭐라고 하지. 수능 대박? 좋은 대학? 좋은 대학 어디? 그걸 알면 내가 이러겠냐, 하면서 민혁이에게 문자메시지를 넣으려고 휴대전화의 폴더를 여는 순간, 딱 걸렸다.

"수업 시간에 휴대전화 사용하면 안 된다는 거 알지?"

"시간…… 보려고……"

"시간? 손목에 차고 있는 그 시계는 뭐야? 그리고 저기 시간표 옆에 있는, 네 얼굴 두 배는 되는 저 벽시계가 안 보이는 건 아니지?"

'이런 바보 같으니라고 하필 댄다는 핑계가 시간이냐? 어휴~ 이 깐깐대장을 어찌 극복한다?'

교무실에서 선생님이 내가 잊고 있던 규칙을 일깨워 주었다.

"규칙은 알지? 휴대전화는 기본으로 이 주일 동안 돌려주지 않을 거야."

"이 주일씩이나요?"

"너 설마 학기 초에 내가 한 말을 전혀 안 들은 건 아니지?"

"아니오, 알아요. 그냥 너무 갑자기 일어난 일이라서……"

"이 주일이 지났다고 무조건 돌려주지는 않는다는 거. 휴대전화를 돌려달라고 할 수 있는 가치 있는 일을 해서 올 것."

"가치 있는 일요? 어떤……"

"그건 네가 찾아야지. 그걸 찾는 것이 네가 받는 벌이니까."

"저에게만 가치 있으면 돼요, 아니면 누구나가 가치 있다고 생각하는 것이어야 해요?"

"너 제법 똑똑하다."

그 말에 옆자리 담임이 한마디 거들었다. '진로와 직업' 선생이 모를 리 없는 말을 보탠다.

"저희 반 1등, 전교 3등 아닙니까요."

처음 며칠과는 달리 휴대전화 없이 사는 것도 괜찮다는 생각이 들

즈음 이 주일이 다 지났다.

"휴대전화기 받으러 왔는데요."

"어떤 일을 했지?"

"시내에 나갔다가 짐을 들고 가는 할머니가 있기에 도와드렸어요. 착한 일은 누구에게나 가치 있는 일이니까요."

"착한 일이라…… 무거운 짐을 들고 가는 할머니를 도와드리는 일이 착한 일이라고 생각하니? 무거운 짐을 가지고 가는 사람을 돕는 것은 누구나 당연히 해야 하는 일 아닐까?"

"전 그런 일 처음 해봤는데요."

솔직히 이제까지 그런 일에 관심을 가진 적이 없었다. 휴대전화기를 돌려받기 위해 착한 일을 찾다 보니 짐을 들고 가는 할머니가 보였고 계단을 올라가는 동안 짐을 들어드렸다. 나 말고도 그런 일에 관심 있는 사람이 없는 것 같아 내 생각에는 아주 많이 착한 일이라고 생각했고 그 일로 당연히 휴대전화를 돌려받을 수 있을 거라 생각했는데.

"처음이었다니 좋은 경험이 되었겠구나. 하지만 그 정도의 일로는 안 된다는 거, 너도 지금 느끼고 있지?"

"흐음, 네에."

"조금 더 관심을 가지고 주위를 한번 살펴봐. 분명 있을 거야. 너 자신이 당당하게 나에게 휴대전화기를 돌려달라고 할 수 있는 일이."

민혁이는 헌혈이 어떻겠냐고 했다. 역시 장래에 의사가 될 사람은 관심사도 남다르군, 싶었는데 헌혈도 아무나 하고 싶다고 할 수 있는 것이 아니었다. 난 나이 미달에 걸려 퇴짜. 이참에 그 전화기를 영 포기해버릴까 싶은 생각도 없지 않았다. 까짓 거 곧 생일인데 잃어버렸다고 하고 새로 사달라고 해도 될 테니까. 솔직히 요즘은 공짜 휴대전화기도 많은데 이렇게 구차스럽게까지 하면서 돌려받아야 하나 싶은 생각도 들고. 무슨 큰 사업을 하는 것도 아니니 전화 번호 바뀐들 크게 문제가 생길 것도 아니고. 그런데 문제는 그날 할머니의 짐을 들어드리고 다시 계단을 내려오는데…… 묘하게 내 가슴을 스치며 지나가는 무엇인가가 있었다는 게 선뜻 휴대전화를 돌려받는 일을 포기하지 못하게 했었다. 그 묘한 기분에 매달리는 나를 보며 민혁이도 단짝 선영이도 조금 뜻밖이라는 반응이었다.

"우리 아파트 복지관에서 하는 무료급식소가 있거든. 거기 한번 가보는 건 어때?"

"거기서 내가 뭘 하게?"

"할 건 많을걸. 어른들처럼 음식을 만드는 일은 못 하더라도 설거지나 뒷정리는 할 수 있지 않을까?"

"아무나 할 수는 있고?"

"내가 공부방 선생님에게 물어봐줄까?"

"공부방?"

"복지관에서 운영하는 거 있어. 우리 아파트가 임대 아파트잖아. 학원 못 가는 아이들이 많아서 대학생이나 직장 다니는 사람들이 와서 공부 가르쳐주는 곳이야. 나도 중학교까지는 거기서 공부했었거든."

"그런 일 하는 사람들도 있냐?"

"복지관에는 그거 말고도 많아. 나는 복지관 선생님 도와서 혼자 살고 계시는 할머니들에게 도시락 나눠주는 일을 가끔 하기도 해. 그리고 야학도 있다."

"야학?"

"우리 엄마가 거기서 공부 배우잖아. 우리 엄마는 초등학교밖에 나오지 않아서 그곳에서 중학교 과정을 공부하는데 연세 많은 할머니들도 계시대. 우리 어머니 영어 배우느라 요즘 무진장 골 아프고 있는 중이지. 야학 선생님들 중에는 우리 학교 선생님도 있대. '진로와 직업' 깐깐대장 말이야."

"으엑! 그 깐깐대장이 야학 선생? 뜻밖이네? 어쨌든 거기서 일할 수 있는지 좀 알아봐줘."

나중에 받은 봉사활동 확인증에는 워드로 이렇게 적혀 있었다.

장소 : 화남 복지관 무료급식소

활동 시간 : 2시간

활동 내용 : 설거지 등 일손 돕기 활동을 열심히 함

이걸 담임에게 갖다주면 학교 생활기록부에 올라간단 말이지. 이제까지 학교 생활기록부에 기재된, 내가 했던 봉사활동이라곤 학교에서 단체로 하는 학교 가꾸기가 전부였다.

대청소를 하거나 그것조차 안 해도 학교에서는 꼬박꼬박 봉사활동 시간을 인정해주었다. 그것만으로도 충분한데 뭐 하러 일부러 아까운 내 시간을 내서 봉사활동을 가는지 이해할 수가 없었다. 대학 가는 데 필요한 시간만, 더도 말고 덜도 말고 남들 하는 만큼만 하면 된다는 것이 나의 생각이었다.

봉사활동 확인증을 곱게 접어 복지관을 나오는데 나도 모르게 휙 하고 다시 돌아보게 되었다. 그리고 나도 모르게 중얼거리고 있는 말, 다음 주에 또 와야지.

시작은 휴대전화 때문이었지만 더 이상 휴대전화가 문제는 아니었다. 나는 다음 주에도 그 다음 주에도 복지관의 무료 급식소를 찾았고 나의 봉사활동 시간은 차곡차곡 쌓여갔다.

그리고 오늘. '진로와 직업' 마지막 시간이다. 오늘의 작업은 20년 후의 나를 소개하는 것이다. 어제 밤늦게까지 정성 들여 나의 20년 후의 이야기들을 만들었다. 지금 나는 사회복지사가 되는 꿈을 가지고 있다. 복지사 자격증을 따면 특수교육도 공부하고 싶다. 그 두 가지를 가지고 현장에서 열심히 일한 뒤 유학을 가서 더 공부하고 교수가 되겠다. 깐깐쟁이를 통해 누군가의 삶의 방향을 이끌어주는 일에 흥미가 생겼기 때문이다. 교사가 아닌 교수가 되고 싶은 이유는…….아, 여기서 막혀 어제도 많이 고민했다. 역시 나도 별 수 없다. 교수가더 폼이 나서라는 것을 인정할 수밖에.

대통령이 되고 싶었던 선생님

선생님은 너희에게 편지를 쓰는 시간이 참 행복하단다. 이 편지들이 너희와 좀 더 깊이 소통하게 해준다고 믿기 때문이지.

오늘은 꿈에 대해 이야기를 해볼까 한다.

많은 사람들이 꿈은 아주 커야 한다고, 원대한 꿈을 가져야 한다고들 하지. 빌 게이츠를 꿈꾸고 오프라 윈프리를 꿈꾸라고 말이야. 아니, 그들을 뛰어넘는 사람이 되라고들 말하지.

많은 아이들이 오프라 윈프리를 꿈꾸지만 과연 그녀의 성공이 그녀만의 몫일까를 생각해보자. 그녀의 토크쇼를 위해 얼마나 많은 사람들이 각자 자신의 일에서 최선을 다해야 할까?

그녀는 무대에 서기 위해 화장을 하고 머리를 하고 멋진 드레스와 구두를 신고, 어울리는 보석을 고를 것이다. 그리고 그날의 쇼를 위해 인터넷을 통해 자료를 얻고 많은 책을 읽으면서 준비를 하겠지. 그런 과정을 위해 필요한 일은 너무도 많고 그 일들과 관련한 많은 직업들이 필요할 거야.

오프라 윈프리가 입은 멋진 드레스 한 벌이 태어나기까지 디자이너, 원단을 만드는 사람, 재단하여 옷을 직접 만드는 사람들이 있을 거야. 실을 만드는 사람, 염색을 하는 사람, 단추를 디자인하는 사람과 단추 공장의 많은 사람들, 지퍼를 디자인하고 만드는 사람들. 그리고 그 옷을 팔기 위해 상점에서 디스플레이를 하는 사람, 고객들을 대상으로 직접 물건을 파는 사람들도 있을 것이고. 공장에서 상점까지 그 옷을 싣고 나르기 위해서는 자동차 운전을 하는 사람도 있어야 할 테고.

한 벌의 옷뿐만 아니라 화장품도 구두도 보석도 마찬가지겠지. 그리고 그녀가 읽은 책들을 쓴 사람과 그 책이 그녀의 손에 들려지기까지의 과정에도 수많은 직업들이 연관되어 있을 것이다. 게다가 그녀 혼자만 이렇게 멋진 드레스를 입고 충분한 자료를 준비했다고 하여 쇼가 만들어질 수 있을까? 그녀가 앉을 무대를 위해 무대 장치를 하는 사람, 조명을 담당하는 사람, 마이크 설치 등 오디오를 담당하는 사람들, 그녀의 모습을 카메라에 담을 많은 사람들이 필요할 거야. 그리고 모든 쇼가 끝나고 난 뒤 그곳을 깨끗이 청소하는 사람의 수고까지 모두 더해져 오프라 윈프리 쇼가 세상을 향해 나아가게 되는 거고.

그래, 그중에서 가장 빛나는 사람은 역시 오프라 윈프리겠지. 하지만 세상의 모든 사람들이 그녀처럼 된다면 어떻게 될까? 그래, 그녀처럼 되라는 것이 아니라 그녀만큼의 열정을 가지고 세상을 살라는 말이라는 것을 모르지 않아.

선생님이 오늘 하고 싶은 이야기는 크고 원대하기만 한 꿈이 중요한 것이 아니라 진정으로 내가 원하는 일이 무엇인가가 중요하다는 것이지. 그녀의 목소리를 녹음하는 오디오 담당자는 그녀를 보면서 자신이 불행하다고 인생에서 실패를 했다고는 절대 생각하지 않을 거야. 그는 헤드폰을 끼고 자신이 하는 일에서 보람과 즐거움을 얻을 테니까. 그녀를 위해 화장을 해주는 메이크업 아티스트도 마찬가지일 거야.

선생님 제자 중에 단추 디자인을 하는 아이가 있어. 솔직히 옷에서 단추가 차지하는 비중이 그렇게 크지 않지만 그 아이는 자신이 하는 일이 진심으로 재미있고 행복하대. 그 아이는 오프라 윈프리가 되고 싶지는 않지만 자신이 디자인한 단추가 달린 옷을 입은 오프라 윈프리를 보는 것이 꿈이라고 하더구나. 그 얘기를 듣고, 진정한 꿈이란 이런 거구나 하고 느꼈단다.

이런 광고를 본 적이 있단다. 칭기즈 칸에서 열정을 빼면 한낱 양치기에 불과하다고. 하지만 우리가 기억해야 할 것이 있어. 양치기가 있어 칭기즈 칸이 양털로 만든 옷을 입고 대륙을 거침없이 달릴 수 있었다는 것. 그 누구도 양치기의 삶을 칭기즈 칸의 삶보다 못하다고 해서는 안 된다는 거지. 하지만 행복한 양치기와 불행한 양치기가 있다는 것은 기억해야 한다는 거 알지?

한때 선생님의 꿈은 대통령이었어. 그런데 지금은 보다시피 대통령과는 너무 먼 교사의 길을 가고 있지. 그렇다고 내가 삶에 열정이 없어 대통령이 되지 못하고 교사가 되었고, 교사로 살고 있는 나는 불행한 걸까?

나는 교사로서의 20년을 되돌아보면서 대통령 부럽지 않다고 생각한다. 아니, 나는 이미 대통령을 20년이나 해온 사람인걸.

한 나라의 국민들을 위해 정치를 하는 대통령으로서의 인생도 아주 가치 있고 보람 있을 테지만 선생님의 삶 또한 그에 못지않다고 생각한다. 한 학년의 한 반이라는 한 나라의 국민들을 위해 나는 아주 열심히 살아가고 있거든. 그리고 내년이 되면 다른 나라에서 새로운 국민들을 맞아 1년을 아주 열심히 살아갈 테니까. 기껏 5년 하는 대통령보다 늘 새로운 나라에서 새로운 국민들을 위해 살아가는 내가 더 멋지다는 생각이 들지 않니?

그러니 나의 열정이 진짜 대통령보다 못하다고는 절대 말하지 못할 것이다. 대통령보다 내가 덜 행복할 것이라고도 말이야.

나는 한때 아나운서가 꿈인 적도 있었다. 그래서 녹음기에 대고 늘 말하는 연습을 했었지. 그런데 나는 아나운서가 되지도 못했단다. 하지만 그때 열심히 연습했던 일들은 몇 개나 고장 낸 녹음기와 함께 좋은 추억이 되었고 교사로서 살아가는 데도 아주 큰 도움이 되고 있단다. 말을 잘하는 것은 교사에게 매우 필요한 조건이거든. 그래, 난 아나운서도 된 거다. 매일매일 생방송을 하는 아나운서 말이야.

크고 원대한 꿈도 중요하지만 진정으로 내가 원하는 일이 무엇인지, 구체적인 꿈을 찾는 과정이 더 중요하다는 생각이다. 네가 진짜 원하는 일이 무엇인지를 찾아내고, 그 일을 통해 네가 행복하다면 참 좋겠구나.

모나리자 스마일
마이크 뉴웰 감독,
줄리아 로버츠 주연

이 영화의 배경은 1950년대이고 여자대학을 무대로 하고 있어 페미니즘 영화로 볼 수도 있지만, 사회적인 관념을 뛰어넘어 진정한 자아를 확립하고 스스로의 생각과 눈을 통해 사물과 세상을 보라는 메시지도 담고 있다. 또한 세상을 한 발 앞서간다는 것이 어떤 것인지, 그러기 위해서 얼마나 큰 용기와 실행력이 필요한 것인지 이야기해준다.

최고의 명문대인 웨슬리 대학에 부임해 온 캐서린은 서부에서 대학을 졸업한 아주 진보적인 여성이다. 최고의 학교에서 최고의 학생들을 가르친다는 기대로 수업을 시작하지만 현실은 그녀가 기대한 것과는 너무나 달랐다. 완벽한 암기로 엄청난 지식을 머릿속에 담고 있지만 자신의 생각이 없는 학생들에게 그녀는 어떤 말도 하지 말고 그저 자신 앞에 있는 그림을 바라보기만 하라고 말한다.

학생들이 다른 사람의 설명을 통해서가 아니라 자신의 내면을 통해 그림을 느껴보기를 바라는 마음에서. 사회적인 관념이나 틀에 박힌 생각이 아닌 새로운 관점에서 자신만의 눈으로 세상을 보기를 바라면서. 스스로 느끼고 생각하고 판단하고 자신의 언어로 표현하는 존재가 되기를 바라면서.

변화를 꿈꾸는 사람들이 있다. 그리고 자신이 본 새로운 세상을 이야기하면서 당신도 변화하라며 주변 사람들에게 권하는 사람이 있다.

영화 속의 한 학생이 말한다.

"선생님은 늘 우리에게 고정관념을 깨라고 하면서 결국엔 선생님의 고정관념으로 우리를 끌고 가요."

"이 자리에 머물러 있지 않고 변화하고 새로운 것을 만들어내야 한다는 것도 결국은 고정관념이 아닐까"라는 말에 대해서도 한 번쯤 깊이 생각해볼 일이다.

환경은 뛰어넘을 수 있는 벽일 뿐

재량활동 시간에 특별한 선생님이 오셨다. 대학병원에서 인턴생활을 하느라 바쁜데도 특별히 재량활동 담당 선생님의 부탁으로 일일 교사로 오게 되었다고 했다. 자신을 언니라고 불러 달라면서

"선생님이 어찌니 조르시는지 오지 않을 수가 없었답니다."

하며 인사를 하는데 참 멋져 보였다.

"저는 중학교 1학년 때 선생님 반이었어요. 여러분에게는 어떤지 모르지만 제게는 정말 특별한 선생님이랍니다. 중학교 1학년의 한효정은 지금의 저와는 너무도 다른, 여러분이 정말 상상조차 할 수 없는 아이였답니다."

언니는 자신의 중학교 1학년 때를 떠올리면서 약간 울먹이는 목소리가 되었다. 나는 언니의 이야기를 들으면서 정말 어떻게 그럴 수가

있을까 상상을 해보았지만 나의 상상력은 빈약하기만 했다.

우리 앞에서 저렇게 예쁜 말투로 이야기하는 언니가 반은 물론이고 전교에서 욕을 제일 잘하는, 거친 말로 친구들을 위협하는 아이였다니. 저렇게 목소리도 작고 조용조용 말하는 언니가 목에 핏줄이 서도록 늘 고함을 질러대는 아이였다니. 정말 상상이 가지 않았다.

"어느 날 선생님이 저를 불러 그러시는 겁니다. 왜 그렇게 욕을 하느냐고. 친구들이 저를 무서워한다고 말입니다. 그때 저는 이렇게 대답했었어요. 우리 집에서는 다 그렇게 말하는데요. 선생님은 한동안 아무 말씀 안 하시고 계시다가 어머니께 전화해서 지금 잠깐 가게로 가도 되느냐고 물어보라는 겁니다. 그때 엄마는 시장에서 장사를 하고 계셨고 우리 식구는 가게에 딸린 작은 방에서 살고 있었어요. 그때 저희 집에, 그러니까 가게에 갔을 때 어땠는지 선생님께서 직접 이야기해주실래요?"

옆에서 수업을 지켜보시던 선생님께서 언니 옆으로 가면서 말씀하셨다.

"솔직하게, 아주 솔직하게 말해도 되지?"

"그럼요. 제가 그러기 위해서 여기 온 거니까요. 그 정도는 생각하고 왔으니 걱정 안 하셔도 돼요."

"효정이 어머니는 가게로 찾아 간 선생님을 보자 대뜸 이렇게 말씀하셨어요. 왜요? 뭔 일인데요? 이때의 말투와 표정으로 나는 이제까지의 효정이를 거의 이해할 수 있었지요. 효정이 어머니의 말투는 굉

장히 거칠고 전투적인 느낌이라고나 할까. 마치 내가 오기만 하면 싸움을 하려고 기다리고 있었던 게 아닐까 하는 생각이 들 정도였거든요. 어머니 효정이가, 라는 말에 어머니는 다시 고함을 질러대시면서 우리 애가 왜요? 무슨 일을 저질렀기에 여기까지 찾아왔느냐며 다짜고짜 효정이 손목을 비틀어 잡더니 아이를 마구 때리는데…… 그때 얼마나 놀랐는지 몰라요."

"선생님은 그때 정말 놀라셨던 모양이었어요. 우리가 아무리 잘못을 해도 가볍게 등짝 한번 때리시지 않는 분이셨으니까. 좀 뭣한 표현으로 개 패듯이 나를 때리는 엄마와, 그런 엄마에게 고래고래 고함을 지르며 바락바락 대드는 나를 보며 엄마를 말리느라 쩔쩔매시던 모습이 지금도 눈에 선한걸요."

"그것으로 끝이 아니었어요. 어디서 나타났는지 갑자기 효정이 아버지가 오셔서는 엄마와 효정이 모두에게 주먹질과 발길질을 하는데. 그날 정말 정신이 다 나갈 정도였다니까요."

"그런 날이 제게는 일상이었답니다. 아버지는 엄마와 나를 때리고 엄마는 당신의 분풀이와 신세 한탄으로 또 나를 때리고. 욕을 하고 고함을 지르는 것이 가족들끼리 하는 대화의 전부였으니 중학교 1학년 한효정의 모습은 어쩌면 당연한 것이었는지도 모르지요."

"선생님이 본 효정이는 참 총명한 아이였어요. 공부도 잘하고 씩씩하고. 그런데 거칠고 욕을 어찌나 잘하는지. 그리고 친구들과 걸핏하면 싸움을 하니."

"저는 세상 사람들이 다 우리 집처럼 사는 줄 알았어요. 이런 이야기까지 해도 되는지 모르지만, 제가 가장 슬펐던 적은 자다가 쫓겨났을 때였답니다. 술에 취한 아버지가 어떤 여자를 데리고 와서는 우리를 쫓아낸 거죠. 방이 하나밖에 없으니 거리로 나갈 수밖에 없었는데 엄마는 날이 밝도록 저를 쥐어박으면서 저 때문에 이러고 산다고 악을 악을 쓰는데……. 그 분노는 참으로 오래 제 가슴에 남았고 그것이 친구들에게 터져 나오곤 했었어요. 반 아이들이 조금만 뭐라고 해도, 아니 아무 말도 안 하고 나를 쳐다보기만 해도 욕을 해대며 싸움을 걸었으니까요.

선생님을 만나기 전까지는 그것이 문제라는 것조차 인식을 하지 못했었어요. 우리 집을 다녀가신 후 선생님은 저를 청소년 쉼터에서 지낼 수 있게 해주셨고, 다른 사람들이 어떻게 대화를 하는가를 눈여겨본 후 공책에 꼼꼼히 적어오라고 하셨어요. 쉼터 친구들끼리 하는 대화, 텔레비전 드라마에서 사람들이 하는 대화, 학교에서 선생님이 하는 말 등을 열심히 듣고 열심히 적으면서 제가 다른 사람들과 많이 다르다는 것을 알게 되었지요. 선생님은 일주일에 한 번씩 수업이 끝난 후에 저만 남겨서 그림책을 읽어주시기도 하고, 그림책에 나오는 대화를 흉내 내어 큰 소리로 말하게 시키기도 하셨어요. 그러면서 네잘못이 아니다, 그저 제대로 된 대화를 배울 수 있는 기회를 가지지못했을 뿐이다 하시며 저를 많이 안아주시고 다독여주셨어요. 그때제가 선생님을 만나지 못했다면 어땠을까를 생각해보면 정말 고개가 저절로 저어진답니다. 선생님이 그러셨거든요. 환경은 내가 뛰어넘을 수 있는 장벽에 불과하다고요. 혼자 힘으로 벅차면 도움을 받으면 된다고. 그리고 지금 받은 이 도움은 언젠가 도움이 필요한 누군가에게 돌려주면 된다고요.

저는 정신과 의사가 되기 위해 공부를 하는 중입니다. 몸이 아픈 아이도 많지만 마음이 아픈 아이도 많다는 것을 알기에 그 아이들을 도울 수 있는 길을 나름대로 찾은 거지요. 그리고 오늘 이 자리에 오게 된 것도 그때 받은 도움을 조금이라도 빨리 누군가에게 전해줄 수 있을까 해서입니다. 꼭 기억해주기 바랍니다. 환경은 내가 뛰어넘을 수 있는 벽에 불과하다는 것을요. 하지만 너무 큰 벽이 앞을 가로막고 있다면 도움을 청하기 바랍니다. 그것은 용기이니까요."

나는 늘 투덜거리며 살아왔다. 내게는 진짜 벽보다 나 스스로가 만든 벽이 더 많다는 것을 깨닫게 되었고 그 벽은 뛰어넘을 필요조차 없다는 것을, 그래서 내 마음속에서 걷어내기만 해도 된다는 것을 알게 된 값진 시간이었다.

닮고 싶은 사람

선생님은 5월의 넝쿨 장미를 참 좋아해. 너희는 어떤 계절, 어떤 꽃을 좋아하니? 사람은 누구나 좋아하는 계절도, 좋아하는 꽃도 다르지. 선생님이 무슨 이야기를 하고 싶어서 이런 이야기를 할까 궁금하지 않니?

오늘은 '닮고 싶은 사람'에 대해 이야기하고 싶단다. 서로 다른 개성을 가지고 살아가는 우리지만 가끔 아, 저 사람은, 저런 모습은 꼭 닮고 싶어, 할 때가 있을 거야. 너희는 어떤 사람을 닮고 싶니? 아니, 질문을 좀 더 구체적으로 할게. 어떤 사람의 어떤 점을 닮고 싶니? 선생님은 오늘 이런 말을 했단다.

"당신은 제가 꼭 닮고 싶은 사람입니다. 당신이 오늘 제게 보여주신 그 미소가 저를 너무 기분 좋게 해주었기 때문입니다. 당신의 그 미소를 꼭 닮고 싶습니다."라고.

선생님은 위대한 위인들에게도 배울 것이 많고 닮고 싶은 것들이 많지만 나와 함께 더불어 살아가고 있는 내 주변의 사람들에게서 아름다운 모습들을 발견하고 그것을 배우면서 살아가고자 노력한단다. 그래서 누군가를 만나게 되면 이 사람에게서 무얼 닮으면 좋을까 생각하곤 해.

화사한 미소가 닮고 싶은 사람, 몇 마디 말이지만 사람을 참 따뜻하게 어루만져주는 말투를 닮고 싶은 사람, 그윽한 눈빛이 닮고 싶은 사람, 쾌활하여 사람을 즐겁게 해주는 점이 닮고 싶은 사람, 다른 사람을 배려해주는 따뜻한 마음을 닮고 싶은 사람, 양보하는 마음을 닮고 싶은 사람, 넘치는 열정을 닮고 싶은 사람, 좌절하지 않고 최선을 다하는 모습을 닮고 싶은 사람, 어려움을 잘 헤쳐나가는 씩씩한 모습을 닮고 싶은 사람 등등.

왜 그리도 닮고 싶은 사람이 많은지.

사랑하는 예쁜 아이들아.

네 친구들은 너희의 어떤 점을 가장 닮고 싶어할까에 대해 생각해본 적이 있니? 아래에 한번 적어보자.

1. 이름 :

2. 친구들아, 나의 이 점은 꼭 닮아주기 바란다.

①

②

③

3. 친구의 이런 점은 꼭 닮고 싶어.(친구 이름 – 닮고 싶은 점)

①

②

③

  물론 더 많이 있으면 더 적는 것은 괜찮지만 쓸 게 별로 없더라도 최소한 3번까지는 적어주길 바란단다.

  우린 서로 마주보며 살아가는 사람들이야. 서로가 서로에게 성장의 자극을 주며 살아가는 우리가 되어보자. 그래서 서로에게 '꼭 닮고 싶은 사람', 멋진 친구가 되어보자.

분노의 역류
론 하워드 감독, 커트 러셀·
로버트 드니로 주연

소방관의 이야기를 다룬 이 영화는 물질의 농도와 반응 속도를 공부하는 단원의 학습 교재로 이용하고 있다. 영화 속의 엄청난 'Back Draft', 즉 역류 현상은 학생들의 입을 다물지 못하게 한다. 하지만 이 영화는 더 많은 장면에서 우리의 가슴을 더 이상 닫고 살지 않도록 해준다. 살면서 누군가를 닮고 싶다는 생각도, 또 누군가는 절대 닮지 않겠다는 생각도 하는 우리. 아버지를 따라 소방관이 되는 두 아들의 이야기를 통해 우리가 닮고 싶은 사람들이 누군가에 대해 생각하게 해준다. 그리고 우리 주변에는 너무나 많은 사람들이 우리 삶의 일부분을 함께 채워주면서, 같이 살아가고 있다는 것도 깨닫게 해주는 영화라 할 수 있다.

영화 속에 나오는 많은 직업들을 보는 것도 재미 중 하나이다. 우리는 꿈을 꾼다. 그 꿈은 내가 알고 있는 범위 안에서만 꿀 수 있다. 많이 안다는 것은 더 큰 꿈을, 아니 진짜 제대로 된 꿈을 꿀 수 있도록 해줄 것이다.

간호사가 되고 싶다던 한 아이는 현직 간호사들이 쓴 간호사들의 이야기를 읽고는 간호사가 되겠다는 꿈을 접었다고 한다. 자신이 아는 간호사는 텔레비전 드라마 속의 예쁜 모습의 간호사였고, 간혹 멋진 의사를 만나 결혼하는 그런 간호사였는데 책 속의 간호사들은 너무 힘들고 고생을 하는 것 같다고.

내 인생
최고의 멘토

2005년부터 시작된 아침독서운동은 내게 아주 큰 변화를 가져다주었다.

아침독서운동은 1988년에 일본에서 시작돼 큰 성공을 거뒀고 국내에서는 2005년부터 대구에서 본격화돼 점차 전국으로 확산되고 있다고 한다.

우리학교에서도 2005년부터 본격적으로 아침독서운동이 시작되었다. 아침독서운동은 매일 아침자습 시간을 활용하여 10분씩 독서를 하는 운동이었다. 아침독서운동을 한다는 말을 담임선생님을 통해 듣고서 나는 뭉크의 작품인 〈절규〉라는 작품 속의 주인공과 똑같은 표정, 똑같은 제스처를 하게 되었다.

'책이라니…… 말도 안 돼.'

국어교과서를 읽는 것만으로도 내게는 벅찬 일이었다. 그리고 아침

자습시간은 내게는 아주 황금 같은 시간이다. 충분히 자지 못한 잠을 조금이나마 더 잘 수 있고 깜빡 잊고 하지 못한 숙제 또한 해결할 수 있는 유일한 시간이기 때문이다. 이건 아마 나뿐만이 아닌 모든 학생들이 공감하는 사실일 것이다.

내가 공부와 담을 쌓았다면 책과는 세상에서 제일 단단하고 높은 담을 쌓았다고 할 수 있다. 나는 책을 한두 쪽 읽다 보면 무슨 수면제라도 먹은 것처럼 금세 눈이 스르륵 풀려버린다. 게다가 이해력도 낮아 책 내용을 이해하려면 그 내용을 몇 번이나 더 읽어야만 그제야 이해가 가능했다. 선생님께서는 아침독서의 필요성을 우리에게 조금이나마 깨닫게 해주시려고 '왜 아침에 독서를 해야 하느냐'에 대해 이야기해주셨다. 우리가 밤에는 잠을 잠으로써 신체가 휴식을 취하게 되고 따라서 아침은 신체리듬이 좋아진 상태이며 뇌 활동 또한 원활하게 시작되는 지점이므로 독서의 효과가 더욱 크게 나타날 거라고 하셨다.

다음 날부터 아침독서운동은 본격적으로 시작되었다. 책과 거리가 먼 나는 적응하기가 무척이나 힘들었다. 한 일주일가량은 책만 펴놓은 채 꾸벅꾸벅 졸기도 하고 선생님 눈을 속여 옆의 친구와 연예인, 컴퓨터게임에 대한 이야기를 하다가 걸려 선생님께 혼나는 일도 무척이나 잦았다. 그러나 일 주일 이 주일…… 차츰차츰 독서에 적응해가면서 나는 마침내 만화책, 패션잡지가 아닌 장편소설 한 권을 다 읽는 데 성공하게 되었다. 비록 남들보다 읽는 속도는 늦었지만 성취

감만큼은 남들보다 더 할 나위 없이 크게 느꼈다. 그리고 나 자신에 대해 뿌듯함과 자신감 또한 얻게 되었다. 집중력이 낮았던 내가 책이라는 것에 집중해 책 한 권을 다 읽게 되었다는 사실에 또 한 번 놀랐다. 그리고 독서 습관을 통해 수업 내용을 예전보다 좀 더 쉽게 이해할 수 있는 능력을 갖게 되었고 나의 주장을 내세우거나 글쓰기 할 때의 어휘력도 한층 더 좋아진 듯했다. 그리고 뒤늦게 알게 된 사실이지만 책을 읽는 동안 내 머릿속에는 벌써 많은 지식들이 쌓이고 있었다.

지금은 책 한 권을 하루 만에 다 읽어버릴 정도로 책 읽는 속도가 향상되었다. 그리고 요즘은 책과 연애를 하고 있다고 해도 과언이 아닐 정도로 매일 책을 읽고 있다. 주위 사람들과 책도 서로 바꿔 읽어보고 느낀 점도 말하고 추천해주기도 한다. 10분이란 시간이 나와 책 사이에 있던 단단한 벽을 허무는 데 가장 큰 도움을 주지 않았나 싶다. 이제 책과 나는 떼려야 뗄 수 없는 사이가 되어버렸다. 그리고 이제 내게 10분이란 시간은 하루 중 가장 의미 있는 시간이 되어버렸다.

배우고 또 배우자

오랜만에 너희에게 편지를 쓰는구나.

오늘은 너희에게 선생님이 참으로 많이 미안한 마음을 전하려 이렇게 편지를 쓴다. 선생님이 정말 많이 미안해.

무슨 일이냐고?

실장 보미가 팝송대회 준비를 위해 우리 반이 연습할 노래 가사를 준비해 왔었잖아. 그것을 복사해달라고 신생님에 주었을 때……에휴~ 지금 생각하니 선생님 생각이 짧았던 것이 너무 부끄럽구나. 그때 선생님이 정말 왜 그랬을까 몰라. 보미가 복사를 부탁한 종이에는 영어 가사와 함께 영어 단어 밑에 우리말이 적혀 있었어. 가사를 번역한 것이 아니라 영어 발음을 우리말로 적어놓은 것이었지. 그것을 보는 순간 선생님이 그랬었지. 정말 별 뜻 없이.

"어려운 단어도 없구만."

보미는 너희를 위한 마음에서 그랬을 텐데 그 예쁜 마음도 몰라주고 선생님은 그렇게 말을 했으니. 거기까지였으면 그래도 괜찮아.

"오늘 새벽 선생님이 영어 강의를 들은 내용이 마침 'I will'에 관한 거였어요. I will come과 I will be coming의 차이에 대해서. 여기서……."

이러면서 새벽에 들은 영어 강의에 대해 주절주절…….

혼자 열심히 이야기를 하던 중 느껴지는 묘한 기운. 너희의 얼굴을 보는 순간 '아차' 하는 마음이 들었지. 뭔가 잘못되어가고 있다는 것을. 그리고 깨달았단다. 선생님이 너희에게 많이 미안한 일을 저질렀다는 것을. 내가 이 순간 너희 자리에 앉아 있다면 이런 생각을 하지는 않았을까 싶은 것이.

'칫, 자기는 영어를 얼마나 잘한다고? 영어 가사를 한글로 적어서 외우는 게 뭐 어때서? 정말 밥맛이야.'

선생님이 영어 실력을 자랑하려고 했던 것은 결코 아니지만, 그저 내가 알고 있는 것을 너희에게 전해주고 싶은 마음에서였지만 아무리 좋은 정보도 상대방이 받아들이고 싶은 마음이 있을 때 제대로 전해지는 거라는 걸 아는 선생님이 정말 경솔했었어.

선생님은 학교 다닐 때 영어를 참 못하는 아이였단다. 그래서 팝송도 싫어했었고. 솔직히 선생님은 팝송 가사 다 외우고 있는 노래도 없어. 우리말로 적어서 외웠던 것은 두말하면 잔소리였지. 그런 나였었는데 왜 그렇게 말을 했었을까? 그 말을 들은 너희의 기분이 어떠했을까 생각을 하니 정말 미안하더구나. 그런데 그 자리에서 미안하다는 말을 하지를 못했어. 먼저 선생님 스스로를 한 번 되돌아보는 시간을 가져보고 선생님의 실수를 진지하게 반성하고 난 뒤 선생님의 마음을 잘 전달하고 싶었기 때문이야. 그래서 이렇게 미안한 마음을 편지로 쓴단다.

우리 예쁜 아이들아, 선생님이 정말 많이 미안해. 그리고 시간을 되돌릴 수만 있다면 제일 먼저 보미가 너희를 배려해준 점을 칭찬해주고 싶어. 그것도 많이많이. 그리고 선생님도 그렇게 팝송 가사를 외웠다는 것도 이야기하고 절대 음치였던 선생님의 추억도 이야기해주고 싶어. 선생님이 노래를 정말 못하거든. 그러다 보니 학창시절 합창대회 준비 때마다 어찌나 구박을 당했는지 몰라. 음정 박자 전혀 맞추질 못하니…… 그래서 급기야 이런 경고까지 듣게 되었고. "목소리 내지 말고 입만 잘 맞춰서 벌려." 푸하하하!!!

립싱크의 원조가 선생님이라는 것을 이제야 고백(?)하게 되었구나. 그래서 선생님은 립싱크하는 가수들을 보면 그게 얼마나 어려운지 알기에 대단(?)하다 싶은 마음이 든다니까. 목소리 내지 않으면서 완벽하게 입을 맞추기가 얼마나 어려운데. 선생님은 그거 너무 잘 알거든. 그런 설움 속에서도 합창대회는 참으로 즐거운 시간이었고 지금 되돌아보아도 입가에 미소를 머금게 하는 아름다운 추억이 되어 있다는 말도 해주고 싶어. 너희의 팝송대회 준비도 그렇게 즐거운 시간이 되고 나중에는 멋진 추억이 되어줄 거라는 이야기도.

하지만 아쉽게도 시간은 되돌릴 수가 없잖니? 그래서 이런 실수는 하지 않아야 하는데…… 선생님이 별 생각 없이 한 말이 보미를 비롯한 너희의 마음을 상하게 하다니…… 그래서 선생님이 많이 미안해.

어쩌면 선생님은 이 일을 제대로 깨닫지 못하고 그냥 넘어갔을지도 몰라. 만약 이 책을 읽고 있는 중이 아니었다면 말이야. 선생님이 읽기 시작하면서 소개를 했었던 『카네기의 인간관계론』이야. 선생님은 이 책을 읽으면서 스스로를 참 많이 돌아보게 되었고 그 책을 통해 깨닫게 된 나의 잘못된 습관이나 미숙한 행동들을 고쳐보려 노력하고 있는 중이야. 그러다 보니 선생님이 너희에게 한 말과 행동이 다른 때보다 더 크게 남아 지금 이런 편지를 쓰고 있는 거라 생각해. 그러니 선생님의 사과를 받아주었으면 하는 바람이야. 이렇게 되돌아보고 반성하고 마음을 담아 사과하고 있으니까.

이 책에 '아버지는 잊어버린다'라는 제목의 짧은 글이 있는데 그중 한 대목에서 한참을 머물러 있었단다.

내가 왜 이런 나쁜 버릇을 갖게 되었을까? 잘못만을 찾아내 꾸짖는 버릇을. 그것은 너를 착한 아이로 만들려다 생긴 버릇이란다. 너를 사랑하지 않아서 그런 것이 아니라 어린 너한테 너무나 많은 것을 기대한 데서 생긴 잘못이란다.

이번 일을 겪으면서 선생님은 또 한 번 책이 선생님에게 준 영향에 대해 고마워하지 않을 수가 없었어. 나에게 큰 가르침을 주고 나를 변화하게 해주니까 말이야. 그리고 이 책 덕분에 선생님은 오랜만에 『벤자민 프랭클린의 자서전』도 다시 읽게 되었단다. 벤자민 프랭클린이 다른 사람의 충고를 어떻게 받아들이고 자신을 변화시켜갔는지 꼭 읽어보라고 이 책에서 그랬거든. 이렇게 책은 한 권을 읽으면 다른 책을 소개해주기도 한단다. 그래서 선생님은 책읽기가 참 좋아. 너희에게 책읽기에 대해 자꾸만 이야기하고 권하게 되는 이유이기도 하고.

얼마 전 아침독서에 관한 글쓰기를 했었잖아. 불만이 많았을 거야. 그런 것은 글 잘 쓰는 아이 한두 명에게 시키면 될 것을 왜 반 전체에게 시키느냐고. 그럴 때마다 선생님은 이렇게 이야기하지. 그건 기회균등의 원칙 때문이라고. 너무 거창하게 들리니? 너희, 선생님이 차별하는 거 제일 싫어한다고 하면서도 자신들이 하기 싫은 이런 글쓰기 같은 것은 자기에게 시키지 말았으면 하는 이중성을 보인다는 거 알고 있니? 교육청에 낼 글이라면 어차피 잘 써야 뽑힐 텐데 글 잘 쓰는 아이가 하면 되는 것이 아니냐고, 글을 잘 못 쓰는 나에게는 정말 귀찮고 머리 아픈 과제일 뿐이니 시키지 말아달라고 말하고 싶은 사람도 있을 거야. 하지만 선생님의 생각은 달라. 일단 모든 아이들에게 글을 쓸 기회가 주어져야 한다고 생각하고, 그렇게 자꾸 쓰다 보면 자신이 알지 못하던 재능을 발견하게 되는 경우도 많거든. 그리고 제일 중요한 것은 너희의 생각의 깊이를 키워준다는 것이 선생님이 기대하는 글쓰기의 가장 큰 효과야.

솔직히 아침독서에 관해 별 생각 없이 지내오다가 글을 써야 한다는 과제가 주어지니 여러 가지 생각을 해보게 되었잖아. 아침독서를 잘하고 있는 사람들은 자신이 어떻게 해서 그런 습관이 들었는지, 그리고 그 과정에서의 자신의 변화를 되돌아보고, 지금의 상태에 대한 긍정적인 부분들을 짚어보면서 자신에 대한 자랑거리가 한 가지 더 늘어 얼마나 기분이 좋겠니? 얼마 전에 우리가 했었던 '100가지 자랑거리 찾기'에 한 가지가 더 보태지지 않았을까 싶어. 우리 반에는 스스로 아침독서를 잘하고 그것으로 인해 알게 된 책읽기의 즐거움에 대한 이야기를 쓴 아이들이 많았는데 아마도 선생님의 이 말에 공감을 할 거야. 그리고 이제까지는 솔직히 아침독서를 열심히 하지 않았지만 이번 글쓰기를 하면서 아침독서가 좋을 것이라는 긍정적인 생각을 하게 되었다는 아이들에게도 이번 글쓰기는 좋은 기회가 되었을 거라 믿어. 아마도 그런 글을 쓴 아이들은 조금씩이나마 아침독서를 하기 위해 노력을 할 테니까 말이야. 그리고 아침독서를 왜 하는지 잘 모르겠다는, 겨우 10분 읽어서 무엇이 되겠느냐는, 차라리 숙제라도 하는 게 낫지 않느냐는 부정적인 글을 쓴 아이들도 자신의 생각을 솔직하게 적어보는 좋은 기회였다고 생각해. 모두가 같은 생각을 할 필요는 없으니까. 이렇게 주어진 과제에 대해 생각해보고 길든 짧든 자신의 생각을 글로 정리해보는 과정은 참 중요하단다. 당장은 좀 귀찮게 생각될지 모르고 눈에 보이는 결과가 없을지 모르지만 조금씩 너희를 사려 깊은 사람으로, 자신의 생각을 제대로 전달할 수 있는 사람으로 변화시켜줄 거라 믿어. 그리고 선생님에게도 너희가 쓴 글을 읽어보는 것은 참으로 좋은 시간이었어. 너희의 다양한 생각들을 알 수 있는 기회가 되었고, 선생님의 기대 이상으로 우리 반에는 책읽기의 즐거움에 푸욱 빠진 아이들이 많다는 사실에 고맙고 기쁘기도 했고.

그리고 지난 금요일 아침 명상의 시간에 방송을 통해 들은 『논어』에 나오는 이야기도 선생님에게 많은 도움을 주었단다. 너희도 기억하지?

인덕을 좋아하되 배움을 좋아하지 않으면, 그 폐단은 사람들에게 우롱당하는 것이고,

지혜로움을 좋아하되 배움을 좋아하지 않으면, 그 폐단은 방탕해지는 것이고,

성실함을 좋아하되 배움을 좋아하지 않으면, 그 폐단은 남에게 이용당해 오히려 자기를 해치는 것이고,

솔직함을 좋아하되 배움을 좋아하지 않으면, 그 폐단은 말이 날카로워 다른 사람의 마음을 아프게 하는 것이고,

용감한 것을 좋아하되 배움을 좋아하지 않으면, 그 폐단은 난을 일으켜 화를 자초하는 것이고,

강함을 좋아하되 배움을 좋아하지 않으면, 그 폐단은 망령되게 행동하는 것이다.

이 모두를 새겨두고 노력해야겠지만 그중에서 네 번째, 솔직함을 좋아하되 배움을 좋아하지 않으면 말이 날카로워 다른 사람의 마음을 아프게 한다는 것이 지금의 선생님에게 가장 필요한 말이 아닐까, 스스로를 반성해본단다. 그래도 이렇게 책에서 배우는 것을 좋아하고 그것을 머릿속에만 담아두지 않고 행동으로 변하려 노력하고 있으니 선생님을 예쁘게 봐주렴. 선생님의 사과 받아주는 거지?

보미와 지혜를 중심으로 해서 팝송대회 준비 잘해보자. 1학기 때 댄스 경연대회에서 보여주었던 우리 반의 엄청난 능력과 3학년 언니들을 위해 양보의 미덕을 한껏 발휘했던 예쁜 마음으로 이번에도 너희의 실력을 마음껏 발휘해보렴. 우린 막강 2학년 5반이잖니? 절대음치인 선생님이라 도와줄 건 없지만 너희를 사랑하는 마음을 듬뿍 담아 응원할게.

너희가 책이다
허병두, 청어람미디어

'그때그때, 입맛이 당긴 책을 사서 보면, 자연 그 다음에 골라야 할 책이 알아지게 마련이다.' 최인훈의 광장에 나오는 구절이다. 책장에 책이 '한 권씩 늘어갈 때마다 몸속에 깨끗한 세포가 한 방씩 늘어가는 듯' 하다는 표현에 반해 일기장에도 학교에서 만드는 문집에도 수없이 써놓고 일부러 소리 내어 읽어보곤 했었다. 작가가 세상에 있어야 하는 이유를 알게 되었다고 생각했다. 내가 하고 싶었던 말을, 하지만 적당한 단어들을 찾지 못해 머릿속에서만 맴돌고 있던 것들을 어떻게 이렇게 잘 표현해줄 수 있을까, 감탄 감탄을 하면서.

책에는 여러 종류가 있다. 이 책은 책에 대한 정보를 가득 담고 있다. 하지만 그보다 더 큰 것은 그 책들을 아이들에게 소개하고자 하는 선생님의 마음이다. 작가의 상상만으로도 수없이 많은 책들이 세상에 나오지만 이 책은 경험을 통하지 않고는 세상에 나올 수 없는, 아이들을 생각하는 사랑이 없이는 결코 나올 수 없는 책이다. 그래서 이 책에 담긴 정보와 그를 훌쩍 뛰어넘는 선생님의 사랑을 만나보라 권하고 싶다. 세상에 안내자는 많다. 하지만 자신 앞에 선 사람들이 무엇을 고민하고 무엇을 찾고자 하는지 진지한 모색을 한 후에 길을 찾아내고 그 길을 소개하는 안내자는 그리 많지 않기 때문이다.

평소의 말투를
마음속 거울에 비춰본다면

"왜요?"

"교생선생님이 형성평가 틀린 문제 있다고 다시 풀어오라고 했었다면서?"

"근데요?"

"됐다고, 검사 안 받아도 된다고 했다는데?"

"네."

"그렇게 말할 때 너의 말투와 표정이 교생선생님을 많이 당황하게 했었다는데 어떻게 생각해?"

"원래 그런데요. 다른 사람들도 제 표정 보고 시비 거느냐며 막 그러고. 말투도 원래 그래요. 그래서 친구들도 뭐라 그러는 애들 많아요."

"그래? 그런데 허리에 얹은 그 팔은 좀 내리면 좋겠는데? 마치 나를 한 방 칠 것 같은 기세라 무서워. 호호호."

"아? 팔요?"

"흐음…… 원래 말투와 표정이 그렇다!"

나는 정말 선생님이 왜 그러는지 이유를 몰라 짜증이 났다.

"저 진짜 원래 그런데요."

"그래? 진짜 원래 그렇다…… 이런 말이지? 선생님이 웬만해서는 아이들 혼내거나 하는 일 없는데 오늘 너는 심하게 한번 갈궈야겠다. 쉬는 시간 끝나가니까 일단 교실에 가서 수업을 하고 다음 쉬는 시간에 다시 오너라. 학생의 가장 큰 권리 중 하나가 수업을 받는 거라고 생각하기에 교실로 가라고 하는 거야."

솔직히 오늘같이 더운 날은 교실에서 수업하는 것보다는 시원한 교무실에서 벌 서는 것이 더 좋은데 싶었지만 별수 없이 교실로 왔다가 다시 쉬는 시간에 교무실로 갔다. 한 시간 전과는 달리 겁이 났다. 아이들에게 잔소리를 하거나 화를 내지 않지만 무척 무서운 선생이라는 것은 모두가 인정하는 거니까.

"오늘 심하게 한번 갈궈주겠다는 말 듣고 올라가니 어땠어?"

"……. 조금…… 아니, 많이…… 무서웠어요."

"선생님이 지금부터 너를 정말 정말 많이 때릴 거야. 여기 교무실에서 참 많은 선생님들과 친구들이 보는 곳에서 너를 엄청 두들겨 팰 거거든, 그래도 되지?"

"……."

"넌 아마도 이러겠지? 왜 이래요? 내가 뭘 잘못했다고 이래요? 그러면서 거칠게 반항할지도 몰라. 눈으로는 째려보고 팔로 때리는 선생님을 밀쳐낼지도 모르고."

"……."

"그래도 나는 때릴 거거든. 그렇게 내가 때리고 싶은 만큼 다 때리고 난 뒤에 이렇게 말할 거야. 난 원래 이런 사람이야. 난 학생이 기분 나쁘게 하면 개 패듯이 패는, 나는 원래 이런 사람이야. 그러니까 넌 그대로 받아들여, 라고. 난 원래 이런 사람이라서 이렇게 행동하는데 뭐가 잘못됐는데? 뭐가 문젠데? 라고."

"……."

"입장을 바꿔놓고 생각을 해보자. 한 시간 전 너는 이렇게 말했지. 너는 원래 표정이 그렇고 말투가 그렇다고. 그 말에는 이런 의미가 포함되어 있을 거야. 그러니까 너는 문제가 아니고 원래 그런 애를 보고 기분 상해하는 상대방의 문제라고. 그런데 그걸 왜 너보고 뭐라 그러느냐고. 조금 전 선생님이 말한 것을 지금 선생님이 행동으로 옮기면 너는 어떨 것 같니? 나는 원래 애를 때리는 선생이니까 때리는데 뭐가 문제야? 내가 애를 잘 때리는 선생이라 때린 건데…… 원래 그래서 그런 거니까 문제 될 게 없다고, 맞은 너야 아프기야 하겠지만 너 아픈 거까지 왜 내가 생각하고 배려해주어야 하는지 도대체 알 수가 없네, 라고 한다면?"

"……기분 나쁠 것 같아요."

"그래? 왜 기분이 나빠? 원래 그런 사람이 그러는데 이해해줘야 하지 않을까?"

"……이해가 안 될 것 같아요. 분하고, 억울하고…… 왜 이러는데 싫고……."

"똑같지 않을까? 선생님이 좀 극단적인 예를 들기는 했지만 네가 교생선생님에게 한 말과 행동, 잘 생각해봐. 그 선생님의 입장이 되어서 생각해보면 저 아이는 원래 저런 아이니까 이해해줘야지, 하고 넘어 가야 하는 걸까? 그 선생님이 기분이 어땠을 것 같아?"

"……. 나빴을 것 같아요."

"선생님이 너 때리지 않고 이렇게 이야기하니까 지금 기분은 어때?"

"…… 많이…… 많이 죄송해요. 정말…… 죄송해요."

"주먹으로 한 방 치는 것만 다른 사람을 아프게 하는 게 아니야. 말과 행동, 눈빛 하나로도 남을 때리는 것보다 훨씬 더 아프게 할 수 있어. 그런데 너는 정말 예쁜 얼굴을 가지고 있구나. 우리 반 아이가 아니다 보니 너를 이렇게 오래 볼 시간이 없어 그동안 몰랐는데 넌 콧대도 오똑하고 특히 눈매가 아주 매력 있는데? 이런 예쁜 얼굴을 누가 봐도 시비를 걸 만큼 잔뜩 구기고 있다면 너무 억울하지 않니? 조금만 더 밝으면 네가 가지고 있는 아름다움을 100퍼센트 발휘할 텐데…… 지금의 너는 그 아름다움의 5퍼센트도 못 나타내고 있다는 거 알고 있니?"

선생님의 말에 나도 모르게 살짝 미소를 띠게 되었다. 그런 나를 보고 선생님은 계속 말을 이어갔다.

"거봐. 그렇게 웃으니까 얼마나 예뻐. 정말 예쁘구나. 앞으로 네가 어떤 얼굴로 살아갈지는 오로지 너의 몫이야. 그리고 교생선생님과의 일에 대해 잘 생각해보기 바란다. 교생선생님과의 관계를 어떻게 할 것인지도 네가 선택해. 억지 사과는 안 해도 돼. 네가 생각해보고 네 마음이 움직이는 대로 하길 바라고 선생님은 네가 예쁜 얼굴만큼 현명하리라 믿는다. 잘 가, 안녕!"

나는 한 번도 내 말투가 다른 사람들에게 어떻게 들리는지에 대해 생각해본 적이 없었다. 늘 나는 원래 그렇다고 생각했고 그것으로 인해 다른 사람이 기분이 나쁘다거나 해도 고치려 하지 않았었는데 대화의 힘이 이렇게 크다는 것을 처음 알았다. 오늘은 아주 늘씬하게 맞은 것 같다. 아주 기분 좋은, 온몸을 휘감는 것 같은 상쾌한 바람으로.

소통하지 못하는 아이들의 선택, 술

며칠 후면 3박 4일 현장학습을 가게 되는구나. 현장학습을 간다고 하면 왜 이렇게 설레는 건지. 3월 처음 만났을 때부터 선생님은 현장학습에 모두 참여를 해야 한다고 참으로 강조(?)를 했었지. 선생님이 수학여행을 못 갔었던 이야기까지 하면서 말이야. 지금도 선생님의 기억에 선명하게 남아 있구나. 여행이라고는 학교에서 가는 수학여행이고자이던 1970년대의 중학교 2학년 봄, 수학여행을 가지 못한 아이 몇 명이서 교실에 남아 자습을 하고 있었어. 그때 맡았던 라일락 향기가, 그 보랏빛 꽃이 너무 눈물겨워서 선생님은 지금도 라일락을 보면 눈물이 고이곤 해.

선생님이 그랬었지? 공유할 수 있는 추억이 없다는 것은 정말 슬픈 일이라고. 선생님에게는 영원히 중학교 수학여행의 추억은 없어. 그래서인지 너희가 학창 시절에 친구들과 함께 하는 여행에 선생님이 더 설레곤 한단다.

여행 계획서는 모두 잘 썼는지 궁금하구나. 아마 입이 이렇게 나와 있는 아이들도 많을 거야. 3박 4일 현장학습 가는데 무슨 여행 계획서야, 하며 투덜거리는 모습이 눈에 그려지는 걸? 하하하. 그래도 무서운 담임의 과제이니 울며 겨자 먹기로 하긴 했을 거라 생각해. 준비물도 꼼꼼히 적었겠지? 혹시 그 준비물에 소주, 맥주는 몇 병이나 적혀 있을까? 매년 현장학습을 가면서 선생님들은 '술과의 전쟁'이라는 말을 하곤 해. 물론 모든 아이들이 술을 마신다는 이야기는 절대 아니야. 그렇지 않은 아이들도 많다는 거 알아. 혹시 이 글을 읽고 있는 사람 중에 나와는 상관없는 이야기야, 라고 생각하는 사람은 여기서 그만 읽어도 괜찮아. 그렇지만 술을 준비물에 넣었거나(선생님에게 내는 계획서에는 적지 않았지만 마음속으로 계획하고 있는 사람 포함해서), 여행 가서 술 한잔 정도는 해야지 하는 생각을 하고 있는 사람이라면 이 글을 끝까지 읽어주기 바란다.

술과의 전쟁……. 십 대 아이들의 여행에 왜 술과의 전쟁이라는 말이 나오게 되었을까? 여학생, 남학생을 이야기하지는 말자. 술이 남학생에게는 괜찮고 여학생에게는 안 되고 그런 이야기가 아니라는 것은 잘 알 거야. 수학여행이나 현장학습을 떠나면 숙소에 도착해서 제일 먼저 하는 것이 아이들의 가방 검사란다. 검사한다는 것을 알면서도 참으로 많은 술들이 가방에서 나오는 걸 보면서 매년 참 안타깝다는 생각을 하곤 해. 물론 그렇게 빼앗기고도 너희는 여행하고 돌아오는 길에 호텔 부근 편의점 등등에서 술을 사서 밤새 마시곤 하지. 심지어는 콘택트렌즈 세척액 병에 소주를 가득 담아 오는 아이도 있더구나.(앗, 한 가지 방법을 알려주는 셈이 되나? 그 정도는 다 알고 있는 거라고? 하긴 늘 너희는 선생님들의 상상력을 훨씬 뛰어넘는 우수(?)한 실력들을 발휘하곤 하니까.)

산의 성질에 관한 단원을 수업할 때면 아이들이 이런 질문을 하곤 해.

'배고프면 왜 속이 쓰려요?'

선생님은 그 질문이 그렇게 반가울 수가 없어. 왜냐고? 너희와 술에 대한 이야기를 하고 싶은 마음은 굴뚝같지만 수업 시간에 갑자기 교과서를 덮고 술 이야기를 하는 것은 좀 이상하잖니? 하지만 그 질문에 대한 대답을 하다 보면 자연히 술 이야기를 할 수 있으니까 말이야.

"배가 고프면 속이 쓰린 이유는……. 그런데 술을 마시고 나도 속이 쓰리죠? 그건 왜 그럴까요?"

선생님이 왜 그렇게까지 해서 술 이야기를 하고 싶어 하는 걸까?

작년에도 재작년에도 3박 4일의 현장학습이 술로 인해 엉망(?)이 된 선배들이 많았단다. 엉망이란 말은 솔직히 선생님의 일방적인 관점에서 나온 표현이야. 밤새 친구들과 술을 마신 아이들은 그렇게 생각하지 않을지도 몰라. 친구들과 그동안 하지 못했던 속마음을 터놓고 이야기할 수 있었던 너무 좋았던 시간이라고 생각할 수도 있으니까. 여행이 꼭 관광을 많이 해야 좋은 건 아니라고, 이렇게 친구들과 가까이 할 수 있는 것만으로도 충분한 가치가 있다고 말할 수도 있으니까. 하지만 선생님은 그렇게 생각하지 않아. 밤새 술을 마신 아이들은 아침에 일어날 때부터 많이 힘들어하고 버스 안에서는 잠을 자느라 창 밖 풍경 한 번 제대로 보지 못하지. 아무리 좋은 곳에 데려가도 술로 괴로운 나머지 버스에서 내리려고조차 않을 때가 많아. 겨우 달래서 버스에서 내리게 하면 이러지.

"뭐 봐야 하는데요? 여기 왜 왔어요?"

"기껏 이거 보라고 내리라고 한 거예요? 정말 짜증나게⋯⋯."

"저게 뭔데요? 애개개⋯⋯ 겨우 요거 보러 여기까지 왔어요?"

"더워 죽겠는데 얼마나 걸어가야 하는데요? 보기 싫다는데 왜 자꾸 보라는 거예요."

"그런 거 관심 없다고 하잖아요. 그렇게 좋고 보고 싶으면 선생님 혼자 실컷 보고 오세요. 그리고 자세히 얘기해주시면 되겠네요."

그런 아이들에게 씨익, 웃음밖에 보일 수 없을 때 참으로 가슴이 무너져 내린단다. 그래서 조금이라도 관심을 가질 수 있게 할까 싶어 떠나기 전에 인터넷으로, 책으로 이것저것 우리가 가게 될 곳에 관한 정보들을 모아서는 버스 안의 마이크를 들고 이야기를 해보지만 사실 귀를 기울이는 아이들도 별로 없더구나. '아는 만큼 보인다'는 말에 조금의 희망을 걸어보지만 잠이 든 아이들에게 그게 들리겠니?

이렇게 쓰고 나니 너희에게 '여행을 왜 가니?'라고 묻는 편지를 쓰는 것 같아져버렸네. 사실 그런 의미가 없는 것은 아니지만 정확한

주제는 술인데 말이야. 아이들과 여행을 하는 동안 밤마다 술을 마시는 아이들을 보면서 아이들이 왜 술을 마실까, 참 많은 생각을 하곤 해. 솔직히 그 생각은 여행 동안만 하는 것은 아니야. 평소에도 자주 그 생각을 하게 된단다. 아이들이, 이제 겨우(이것도 선생님의 시각이겠지?) 십 대인 아이들이 왜 이렇게 술을 많이 마시는 걸까? 가끔 너희의 싸이월드 미니홈피에 가보면 방명록에서 심심찮게 보는 말.

"야, 언제 한잔하자."

"너 어제 정말 많이 마시던데? 술이 쑥쑥쑥쑥 느는 것이 눈에 보여."

"100빵 기념 파티 어때? 이번에는 소주 5병은 마시기다."

"한 사발 막창 집 새로 발견. 수요일 소주는 공짜. 우리를 위한 집이지."

심지어는 친구들과 마신 소주병으로 하트를 만들고 그 안에서 어깨동무를 하고 기념사진을 찍기도 하더구나. 대여섯 명의 아이들이 들어갈 만한 크기의 하트를 만들 수 있는 소주병이라……

여기서 다시 한 번 말하지만 너희 모두가 그렇다는 것은 절대 아니란다. 하지만 술 마시는 아이들이 많다는 것은 틀린 말은 아니라고 생각해.

졸업한 제자들도 가끔 전화를 해서는

"선생님 술 한잔 사주세요"라는 말을 "밥 한 끼 사주세요"라는 말보다 더 많이 하고. 꼭 집어 술이라고 하지 않고 "맛있는 거 사주세요" 하거나 월급 탔으니 "맛있는 거 사드릴게요" 해서 만나면 데리고 가는 곳이 거의 술집이야. 마주앉아보면 어찌나 다들 그렇게 술을 잘 하는지. 선생님 제자들이 유독 술꾼들이 많은 걸까? 선생님이 술을 마시지 않는다고 하면 다들 이렇게 말하지.

"에이~~~ 선생님 나이가 몇이신데 술을 못 해요."

"학교 다닐 때 술 입에도 안 대던 저도 직장생활 몇 개월 만에 술꾼 이 다 됐는데 무슨 말씀을? 그렇게 오래 사회생활하고 술을 못 마신 다니 말이 된다고 생각하세요? 회식 자리도 있잖아요? 그때도 설마 콜라 사이다 마시는 건 아니시죠?"

선생님은 '못' 마시는 게 아니고 '안' 마신다고, 못 마시는 것은 선 택의 여지가 없지만 안 마시는 것은 내가 선택해서 하는 행동이라고, 난 나의 선택에 의해 술은 안 마신다고 하면 어깨를 으쓱하며 "뭔 말 씀인지……" 하지. 술을 안 한다는 이야기를 들은 적이 있는 아이는 이러지.

"아참, 술 안 하시죠? 그래도 못 하시는 게 아니잖아요. 안 하는 거 니 제가 사는 술은 한잔하세요."

너희에게 정말 묻고 싶다. 너희는 왜 술을 마시니?

아이들은 대답하더구나.

"그냥……"

"힘드니까요."

"친구들과 어울리다 보면 자연스럽게 하게 돼요."

"다들 하잖아요. 꼭 이유가 있어야 하나요?"

"기분이 좋아지잖아요."

"잊어버릴 수 있잖아요. 다 잊고 술에 취해서…… 다 잊어버리고 싶은 거죠."

며칠 전 우리 반 아이들에게 물었다.

"부모님들 중 한 분이라도 술을 마시는 분이 있는 사람은 손을 들어 봐요."하고.

그랬더니 모두 손을 들더구나. 그러면서 한 아이는 이렇게 덧붙였지.

"어른 중에 안 마시는 사람도 있나요? 술을?"

그래서 다시 물었다.

"부모님의 술에 취한 모습이 참으로 좋아 보이던 사람? 그래서 나도 나중에 자식에게 저렇게 술 취한 모습을 보여줘야지 하는 생각이 들었던 사람이 있나요?"

아이들은 괜스레 옆에 앉은 짝꿍의 얼굴을 힐끔힐끔 보며 어색해하더구나. 아이들과 상담을 하다 보면 술 마시는 부모님 때문에 고민하는 아이들이 참 많단다. 그런데 그 아이들의 대부분이 술을 마신다는, 참으로 모순적인 사실을 발견할 때마다…….

선생님은 술을 마시는 너희가 나쁘다고 말하고 싶어 이 편지를 쓰는 것이 아니란다.

좀 극단적인 예인 듯하지만 몇 해 전 중학교에 있을 때의 이야기를 하나 할게.

중학교 1학년 담임을 했을 때였어. 우리 반에 유난히 친구들을 괴롭히고 수업 시간에도 수업을 방해하는 일로 거의 매 시간 선생님들로부터 꾸중을 듣는 아이가 있었단다. 심지어는 내게 이런 말을 하기도 했었지.

"자꾸 잔소리하고 그러면 집에 가다 달려오는 차에 뛰어들어 죽어버릴 거예요. 연습장에다 담임이 나를 미워하는 것 같다, 죽고 싶다, 뭐 이런 거 몇 장만 적어놓고 죽으면…… 아마 선생님 인생은 끝일걸요. 저 별로 살고 싶은 마음도 없으니 언제라도 그럴 수 있다는 거 잊지 마세요."

중학교 1학년 아이의 입을 통해 나온 이 엄청난 말은 아직도 선생님의 마음을 아프게 한단다. 아이가 얼마나 힘들고 아픈 시간들을 살아왔을까, 하는 생각과 함께 그 아이를 도와줄 방법을 과연 선생님이 찾을 수 있을까 많이 겁이 나기도 했었단다. 결국 혼자의 힘으로는 안 되겠다 싶어 아이를 설득해 전문가의 진단을 받아보기로 했는데 결과는 생각했던 것보다 심각했어.

그 아이의 엄마는 열아홉 살에 그 아이를 낳게 되었고 그것 때문에 고등학교를 중퇴할 수밖에 없었다고 하더구나. 두 살 많은 남편이라고 해봤자 스물한 살. 그 둘 앞에 놓인 현실은 참으로 막막했겠지. 일자리를 쉽게 구할 수도 없었을 테고. 당장 분유 한 통 살 돈이 없는 현실에서 부모가 아이에게 줄 수 있었던 것은 따뜻한 사랑이 아니라 구박과 학대밖에 없었다고. 남편과도 소식이 끊겨버리고 아이와 둘이 남은 엄마는 염색공장에서 일을 해야 했는데 아이를 돌봐줄 사람이 없어서 우유병과 아이만 방안에 둔 채 밖에서 문을 잠그고 일을 나가야 했다더구나. 그렇게 아이는 엄마가 없는 그 많은 시간을 방안에 갇힌 채 자랐대. 다섯 살이 될 때까지. 그 후로는 어린이 집에 맡겨졌지만 아이가 철이 들면서 가장 많이 본 것은 술을 마시는 엄마였다는구나. 생활에 지친 엄마는 힘겨울 때마다 눈물과 함께 술을 마시곤 했는데, 아이가 제일 싫은 것이 술에 취한 엄마였단다. 방문을 열면 술에 취해 쓰러져 있는 엄마. 그런 날에는 방으로 들어서기가 죽기보다 싫어 방문을 닫고는 돌아서 나올 수밖에 없었대. 그런데 그런 날 그 아이는 무엇을 하며 밖에서 시간을 보냈을까? 술을 마시면서 보냈다는구나. 초등학교 4학년이 되면서부터 아이는 그런 엄마를 보는 날이면 동네 놀이터 구석진 곳에서 술을 마셨다는구나. 돈이 있는 날은 돈을 주고 사지만 주머니가 비어 있는 날은 지나가는 아이들 돈을 빼앗거나 그것도 여의치 않은 날에는 훔치기도 했다고. 술 마시는 엄마의 모습이 싫어 술 마시며 시간을 보냈다는 아이. 자신의 현실이 너무 싫어, 그걸 잠시라도 잊어버릴 수 있는 방법은 술을 마시는 일밖에 없었다고. 그 아이는 엄마에게서 슬픔을 잊는 방법, 참혹한 현실을 잠시라도 잊어버리는 방법으로 술 마시는 것을 배운 거지.

선생님이 왜 이 이야기를 하는지 이해하겠니?

너희가 술을 마시는 것도 어쩌면 이런 이유에서는 아닐까 하는 생각에서야.

'힘들어서 한잔했다.'

'오늘 기분 좋은 일이 있어 한잔했다.'

'그놈의 회사 당장 때려치우고 싶지만 목구멍이 포도청이라……
그래서 잠시 잊으려고 한잔했다.'

어른들의 이런 말이 무의식적으로 받아들여진 것은 아닐까? 자신
도 모르게 어른들을 따라 하고 있는 것은 아닐까? 괴로울 때는 술을
마시는 거야, 힘든 일이 있을 때는 술 한잔하면서 잊어버리는 거야,
하면서.

술에 관해 편지를 써야겠다는 생각을 하면서 어제는 일부러 드라
마를 한 편 보았다. 〈불꽃놀이〉라는 드라마로 젊은 사람들의 사랑 이
야기를 다루고 있는 것 같은데 우연인지는 몰라도 50분 동안 술 마
시는 장면이 8번이나 나오더구나.

남자가 카페에서 혼자 술 마시는 장면, 포장마차에서 남녀가 만나
술 마시는 장면, 노래방에서 술을 마시는 장면, 여자가 일하는 사무
실로 남자가 맥주를 사와서 마시는 장면, 다시 포장마차에서 남녀가
만나는 장면, 남자가 간 뒤 포장마차에 남은 여자 혼자 술을 마시는
장면, 여자에게 달려갔던 남자가 여자의 헤어지자는 말에 병째로 술
을 마시는 장면, 그 남자가 오기를 기다리며 여자 혼자서 와인을 마
시는 장면.

이렇게 드라마에서는 술을 마시는 장면을 너무 많이 보여주고 있
었어. 괴롭고 힘들 때마다 술을 마시는 모습을 보여주는 텔레비전 앞

에서 너희는 무엇을 배우게 될까? 왜 드라마나 영화에서는 힘들고 괴로울 때 술을 마시는 것밖에 다른 방법을 보여주지 못하는 걸까? 어쩌면 그 방송 원고를 쓴 작가들도 그것밖에 모르기 때문은 아닐까?

그렇다면 우리 사회는 집단 최면에 걸려 있는 것은 아닐까? 술을 마셔야 한다는, 술은 당연히 마셔야 한다는, 친구와 우정을 쌓기 위해서도 한잔해야 하고, 축하할 일이 생겨도 술 한잔하면서 축하해야 더 근사해 보이고, 대학생이 되면 생맥주를 마시고 클럽에 가서 춤을 춰야 젊음을 누리는 것이라 믿는, 직장 상사에게 잔소리 들은 날은 포장마차에서 소주잔을 기울이며 스트레스를 풀어야 하고, 회식 자리에서는 술 한잔 정도는 해야 분위기 맞출 줄 아는 사회성 있는 직장인이라는 소리를 듣는다고 생각하는 집단 최면.

의식보다 더 무서운 것이 무의식이라는 말이 있어. 이렇게 우린 서로가 서로에게 알지 못하는 사이 술을 권하는, 그래서 모두 술을 마시는 것이 당연하다고 믿는 집단 최면에 걸려 있는 것은 아닐까?

여기에는 광고도 한몫을 한다는 생각이야. 맥주 광고는 마치 맥주를 마시지 않으면 젊음을 모르는 것처럼, 인생을 모르는 것처럼 우리를 유혹하고 있지. 맥주 광고 속의 젊은이들의 그 행복해 보이는 얼굴들, 도대체 입이 다물어지지 않는, 정말 온몸으로 행복해하는 모습을 보고 있으면 나도 저 맥주를 마시면 저들처럼 행복해질까, 하는 생각이 저절로 들 정도니까. 동네 슈퍼마켓 유리창에 붙어 있는 소주 광고지에는 이보영, 한가인, 이효리 등등 예쁘고 청순하다는 여자 배우들이 각양각색의 술잔을 들고는 우리에게 미소를 지어 보이고 있잖니? 이 소주 너도 꼭 마셔야 해, 하는 표정으로. 누가 그러더구나.

"저렇게 예쁜 얼굴로 한잔하자는데 안 마시면 되겠어? 아침까지 책임져준다는데, 아~~암, 마셔야지. 마셔야 해."

이렇게 너희가 매일 보는 텔레비전과 곳곳에서 만나는 광고지는 너희에게 술을 권하고 있지.

선생님은 술을 마시지 않으니 술 마시는 사람들의 기분을 모른다, 이렇게 말하는 소리가 들리는 것 같은데?

맞아, 선생님은 술을 마시지 않아. 특별한 경우를 빼고는.

선생님이 술을 처음 마셔본 것은 고등학교 1학년 때였어. 정말 힘든 시절이었으니까. 그래서 집이고 학교에서 참 여러 가지 소동(?)을 일으키기도 했던 시절이었고. 이제까지 배운 선생님들 중에 가장 많이 죄송한 분도 고 1때 담임이었던 분이셔. 가끔 이런 생각을 하곤 해. 그때의 나 같은 아이가 우리 반에 온다면 나는 그 아이를 감당해 낼 수 있을까? 솔직히 자신 없어. 그런데 다행스럽게도 선생님은 복이 많아서인지 아직 나같이 애 먹이는 애를 만난 적이 없어서 얼마나 다행인지 몰라. 그걸 늘 감사하게 생각할 정도이니 대충 감이 잡히지? 그때는 너무 힘들어서 힘든 것을 알리기 위해 사고도 많이 쳤었어. 모의고사 올 백지 사건도 그중 하나였지. 모든 답안지를 이름만 쓰고 냈었거든. 집과 학교 모두 발칵 뒤집어졌었고……

그때, 열일곱 살의 선생님도 술의 힘을 빌려보려 했었어. 힘드니까 잠시라도 현실을 잊어버리고 싶었으니까. 하지만 세 번으로 그만두었어. 이유는 세 가지였지.

첫째, 술로 잠시 잊을 수 있을지는 모르지만 결국은 아무것도 변하지 않는다.

둘째, 술로 인해 빼앗기는 시간이 너무 많다.

셋째, 술로 인해 가난한 아이의 주머니가 더 가난해진다.

그래서 그 후로 지금까지 술을 마시지 않지. 물론 가끔 특별한 경우에는 마시기도 해. 일 년에 한두 번.

난 술 안 마셔도 친구들과도 우정도 쌓고 잘 지내고, 가슴속 이야기도 터놓을 수 있던데?

난 술 안 마셔도 노래방 가서도 밤새 놀 수 있고, 술 안 마셔도 가슴이 터질 것 같은 슬픔을 견뎌낼 수 있었어. 예슬이와 정빈이 사이에 두 아이를 잃고도, 할머니의 죽음에도, 정빈이의 몇 번의 생사를 넘나드는 큰 수술에도, 아버지가 뇌졸중으로 쓰러져 회복하지 못하신다는 이야기를 들었을 때도, 우리 탁이의 죽음 앞에서도……. 술이 아니어도…….

술이 무엇을 해줄 수 있을까? 술 한잔하고 잊어버리라고? 그럼 술이 깨면 달라지나? 그래도 술에 취해 있을 때는 잊을 수 있지 않느냐고? 그 몇 시간을 위해서?

그런 선생님이 올해 들어 술을 정말 많이 마신 적이 있어. 우연히 상담일 때문에 알게 된 아이가 있는데 그 아이는 선생님이 너무 귀찮다는 거야. 고등학교를 중퇴하고 가출해서 혼자 살고 있는 아이인데 자기는 자기대로 알아서 살 테니 그냥 가만히 두라더군. 술을 아주 많이 마시다 보니 늘 집에 가면 술병이 뒹굴고 있곤 했어. 그러더니 어느 날 불쑥 그러는 거야. 술을 마셔서 자기가 선생님을 이기면 자기를 그만 만나러 오라고. 영원히 내버려두라고. 그래서 선생님이 그랬지. 만약에 선생님이 이기면 선생님이 하자는 대로 해야 한다고. 아주 코웃음을 치더군. 자신만만해하면서. 그동안 만나면서 술 한잔 입에 대는 것을 본 적이 없으니 아마 그 아이는 나를 이길 수 있는 방법으로 술을 선택했던 모양이야. 술을 잘 마시는 것이 마치 큰 능력이라도 되는 것처럼 생각하는 아이였거든.

결과가 어떻게 되었는지 궁금하지? 선생님의 승리였어. 그 아이는 자신의 주량을 넘어 나를 이겨보겠다는 욕심을 부린 탓에 결국 병원 응급실까지 실려가야 했었거든. 그래서 어떻게 되었느냐고? 그길로 술을 끊고 검정고시 준비를 하고 있지. 검정고시 합격증 들고 집으로 들어가기로 약속하고 열심히 공부하는 중이야. 그 아이가 선생님과의 약속을 꼭 지키리라 믿어. 석 달이 다 되어가는데 언제 가보아도 그 아이의 방에는 더 이상 술병이라고는 찾아볼 수가 없거든. 합격하면 축하주 한잔 사줄까, 해도 목소리 낮춰 이러지.

"됐거든요. 저 이제 술 안 마시거든요. 그리고 축하를 꼭 술 마시며 해야 하나요? 축하주 말하는 분, 선생님 맞아요?"

무조건 술을 마시지 말라는 이야기를 하려고 이런 편지를 쓰는 것은 아니야. 술은 선택의 문제라고 생각해. 친구들과 어울리기 위해, 힘든 것을 잊기 위해서라는 등의 어른 흉내를 내면서가 아닌, 너희 스스로의 선택에 의해서 얼마든지 비켜 갈 수 있는 문제.

선생님은 아주 이기적인 사람이야. 늘 나 자신을 먼저 생각하지. 그리고 살면서 내게 손해되는 일은 선택을 안 하는 계산이 빠른 사람이야. 그래서 선생님은 술을 안 마시는 것을 선택했어. 술은 내 인생에 도움이 안 된다고 판단했기 때문에. 그리고 그 생각엔 지금도 변함이 없어. 그래서 그 어느 자리에서든 이렇게 말하지.

"저는 술을 안 한답니다. 그러니 권하지 마세요."

어른들 중에 술은 정말 좋은 것이니 자식인 너도 꼭 마시거라, 하는 사람이 몇이나 될까? 물론 사회생활 하는 데 술이 필요하니 어른들 앞에서 잘 배워야 한다며 가르치는 분들도 적지 않다는 거 알아. 하지만 그분들도 이미 술이라는 것이 필요하다는 인식을 가지고 계시니…….

술은 무조건 나쁘니 절대로 마시지 말라는 이야기는 하지 않을게. 하지만 스스로에게 진지하고 솔직하게 한번 물어봐줘.

나는 왜 술을 마시지?

그리고 그 물음에 대한 대답을 해보길 바랄게.

비폭력대화
마셜 B. 로젠버그, 바오

몇 년 전 MBC 〈느낌표〉라는 프로그램의 '하자 하자 캠페인'에서 '존댓말 쓰는 선생님'이라는 코너가 있었는데 말들이 참 많았다. 존댓말과 학생들의 인권 사이에 무슨 상관이 있느냐고. 존댓말을 쓰는 선생님은 학생들을 위하는 선생님이고 그렇지 않으면 아니라는 이분법적인 논리 아니냐고.

'도구'는 참 중요하다고 생각한다. 그때 다섯 번째 주인공이 되어 방송에 나가서 이런 말을 했었다. 너무너무 화가 날 때, 교사도 교사이기 이전에 인간인지라 정말 화가 날 때가 많은 것이 사실이다. 평소에 반말을 하면 그런 상황에서 '너 죽고 싶어?'라는 말이 아이를 향해 나올 수 있다. 하지만 평소에 늘 경어를 사용하면 '너 죽고 싶습니까?'라고는 할 수 없으니 거칠고 폭력적인 말을 적게 하게 되더라고. 나는 존댓말이라는 도구를 이용하여 나 스스로를 다스리며 학생들을 향해 쏟아질 수도 있는 언어폭력을 최소화하려 노력하는 것이라고.

교사로 살아오면서 가장 크게 얻은 것 중 하나가 말을 아주 예쁘고 부드럽게, 상냥하게 한다는 말을 듣게 된 것이다. 학생들에게 그렇게 말하려고 노력하다 보니 모든 사람들에게 그렇게 말하는 나로 변해 있었기 때문이다.

비폭력대화, 인생을 행복하게 해주는 열쇠 중 하나이다. 우리는 늘 누군가와 대화를 나누면서 살아가고 있으므로.

이성교제도 반항도
인생의 중요한 과정이다

내 이름은 '정수철'. 하지만 나를 아는 사람들은 모두 나를 이렇게 부른다. '비보다 멋진 미소'. 내가 이 별명을 가지게 된 것은 1년 전. 가출 후 친구들과 패싸움을 해 교육청 상담실에 보내졌을 때부터다.

"이야, 너 정말 잘생겼다."

난 이런 말에는 이미 익숙했다. 나도 안다. 내가 진짜 잘생겼다는 것을. 내 외모 때문에 세상을 살아가는 데 많이 편리하다는 것도 일찍부터 깨달았다. 내가 순한 얼굴로 잘못했다고 하면 많은 사람들이 아주 쉽게 '괜찮다. 한 번 정도는 실수할 수 있지.' 하며 내 잘못을 용서해주곤 했기 때문에 나는 난처한 상황에서 내 얼굴이 어떤 표정을 지어야 할지도 아주 잘 알고 있었다.

하지만 그날 만난 상담 선생님은 달랐다. 내가 이제까지 지어본 가장 착하고 불쌍한 표정을 지어도 상담 선생님의 표정에는 변화가 없었다. 그저 묵묵히 나를 바라보는데 이제까지 만난 사람들과는 다르다는 느낌이 들었고 나는 불안해지기 시작했다.

"이런 얼굴을 하고 있으면 누가 널 친구를 때리는 아이로 알겠니? 누가 봐도 너는 주먹 한번 제대로 휘둘러보지 못하고 직사게 두들겨 맞은 아인 줄 알지 않겠니?"

나는 괜한 불안감으로 떨었다는 생각에 억울하기까지 했다. 그러면 그렇지. 내 이 얼굴에 안 넘어가는 사람이 있을 리 없지. 하지만 나의 생각은 금방 산산 조각이 나고 말았다.

"하지만 난 알아. 넌 절대 한 대도 맞을 아이가 아니야. 넌 아주 착하고 약한 아이처럼 굴지만 그건 연극에 불과하다는 것을 알지. 너 오늘 나한테 제대로 딱 걸렸다."

'자원봉사를 하러 왔다는 여자가 뭐 이따위가 다 있어. 자원봉사자면 봉사자답게 이 불쌍해 보이는 어린 양을 잘 보살필 궁리나 할 것이지.'

하지만 만만해 보이지 않는 상대의 표정은 변함없이 딱 걸렸어, 하고 있었다.

'뭐 멘토? 멘토가 도대체 뭐 하는 것들이야? 이 멘토하고 만나야 한다고? 말도 안 돼. 저 얼굴 한번 봐라, 봐. 에이, 재수가 없으려니 정말. 차라리 우리 학교 상담 할망구가 낫겠어.'

나는 바닥에 침이라도 확 뱉어버리고 싶은 심정이었다. 귀신이 따로 없다니까. 금방 한마디 날아온다.

"야 인마, 침은 화장실 가서 뱉어."

나는 웃을 줄 모르는 아이였다. 엄마는 나를 보고 웃지 않는다. 아빠는 언제 얼굴을 보았는지도 까마득할 정도로 늘 바쁘기만 하다. 엄마는 내게 하는 말이 정해져 있다.

'학교 가야지', '사고 치지 마', '학원 빼먹지 마'

나는 중학교 1학년 때까지는 늘 반에서 1등을 하는 아이였다. 하지만 학원에서 만난 윤희를 좋아하게 되면서부터 성적이 점점 떨어졌다. 윤희는 같은 아파트에 살고 있어 학원 버스를 같이 타고 다녔는데 늘 맨 뒤에 앉는 내 옆자리에 앉게 되면서 친하게 되었다. 윤희도 웃지 않기는 나와 마찬가지였다. 나는 반에서 1등이었지만 윤희는 전교 1등을 놓치면 죽는 줄 아는 아이여서 늘 공부만 생각하는, 그래서 답답하기도 하고 불쌍하기도 하고 그리고 많이 부럽기도 한 아이였다. 내가 윤희처럼 전교 1등을 한다면 엄마는 내가 원하는 것을 뭐든 사줄 텐데 말이다. 그런데 문제는 윤희를 알게 되면서 책만 펴면 윤희 얼굴이 눈앞에 아른거리니 사람 미칠 지경이었다. 용호 놈의 싸이홈피에 갔더니 '언제나 그 사람만 생각이 납니다. 늘 그 사람만 보고 싶습니다'라고 대문에 걸어놓은 것을 보고 유치하다고 배를 잡고 웃은 적이 얼마 전이었는데 내가 그 꼴이 되어버렸으니. 같은 학원에 다니는 사촌형에게 물어보았더니 일찍 하는 게 낫다면서 연애도 반항도 일찍 해버리고 중 3 정도가 되면 공부나 하는 것이 인생에 도움이 된다나 어쨌다나.

2학년 중간고사에서 내 성적은 10등 밖으로 밀려났고 엄마의 충격은 내 것과 비교가 안 되는지 엄마는 내 기분이 어떨까는 생각도 안 하고 혼자서 펄펄 뛰다가 드러누워버렸다. 펄펄 뛰고 싶은 것도 나고 드러눕고 싶은 것도 난데 늘 그렇듯 엄마는 내가 할 일을 알아서 자기가 다 해줘버린다. 나는 그런 엄마의 모습을 그저 남의 일인 양 구경만 하면 되는 꼴이 되어버렸다. 나는 떨어진 내 성적으로 마음껏 슬퍼해보지도 못했다. 늘 그랬던 것처럼 내가 할 수 있는 일은 나 대신 전부 해주는 엄마를 지켜보는 일뿐이었다.

윤희에게 보내려고 써놓은 편지만 엄마가 보지 않았어도 일이 그렇게까지 되지는 않았을 것이다. 엄마는 학원차에서 내리는 윤희를 향해 내가 써놓은 편지들을 흔들며 목소리 낮춰 뭐라고 말하기 시작했다. 무슨 일인지 모르는 윤희는 나만 멀뚱히 쳐다보았고 나는 마치 소리가 나지 않는 고장 난 텔레비전을 보듯이 엄마와 윤희를 번갈아 바라볼 뿐이었다. 윤희가 울면서 뛰어가는 것 같았고 엄마는 윤희 등을 향해 뭐라고 계속 말을 하는 것 같았다. 그 길로 나는 집을 나와버렸고 학교에도 나가지 않았다. 패싸움만 없었다면 영원히 그렇게 살 수 있었을지도 모르지만 어쨌든 나는 다시 집과 학교로 돌아와야 했다. 하지만 가출과 싸움은 그치질 않았고 결국 교육청으로 보내졌다.

윤희를 좋아하게 된 것이 그렇게 나쁜 것이었을까? 엄마는 왜 그렇게까지 했을까? 나는 엄마가 하자는 대로 열심히 해왔는데. 그때 엄마가 조금만 더 나를 이해해주었다면, 그래서 윤희와 계속 같은 버스를 타고 학원에 다닐 수만 있었더라면. 하긴 그래봤자 성적이 그렇게 곤두박질을 했는데 엄마가 그냥 둘 리가 없지.

상담 선생님은 내 얼굴에도 넘어가지 않으니 힘들 거라 생각하고 있었는데 뜻밖의 한마디가 가져온 결과는 엄청난 것이었다.

"선생님이 수철이에게 별명 하나 선물할게. '비보다 멋진 미소', 어때? 선생님 휴대전화에도 그렇게 저장해둘 거야. 맘에 드니?"

'비보다 멋진 미소? 내가 뭐 인디언인 줄 아나, 이 아줌씨가.'

"너 처음 만났을 때 가수 비를 참 많이 닮았다고 생각했어. 수철이가 훨씬 잘생겼지만. 너도 그런 소리 많이 듣지 않았니? 선생님이 생각하는 비의 가장 큰 매력은 미소야. 그 사람의 입 꼬리가 위로 슬쩍 올라가는 미소는 정말 일품이거든."

'이 아줌씨 정말 한 난감 하네. 비? 미소? 도대체 뭔 소리여?'

"넌 비보다 훨씬 잘생기기는 했지만 난 지금까지 단 한 번도 네가 웃는 걸 못 봤어. 그래서 선생님이 너와의 만남의 목표를 그렇게 정했어. 비보다 멋진 미소로. 네가 여기 더 이상 오지 않게 되는 날에는 비보다 훨씬 멋진 미소를 활짝 지으며 살기를 바란다는 그런 의미지. 선생님과의 매번 만남에서도 작은 목표는 역시 비보다 멋진 미소. 조금씩 미소를 짓게 되는 것."

'소설 쓰고 있네, 정말. 놀아도 작작 노시지요, 아줌씨. 그렇게 놀면 재밌냐?'

"내 별명이 뭔지 아니? 난 자타가 공인하는 오드리 헵번."

'헐! 정말 여러 가지 하는구먼. 저런 달덩이가 자기와 같은 이름이라니 오드리 헵번이 저승에서 울겠다, 정말.'

"내가 그런 별명을 갖게 된 것은 얼굴이 예뻐서도 아니고 몸매가 닮아서도 아니야."

'알긴 제대로 아는구먼. 그거 한 가지는 마음에 드네.'

"내가 생각하는 오드리 헵번은 미소가 참 예쁜 사람이야. 다른 건 몰라도 내 미소는 그녀를 꼭 닮았다고 생각해. 그러고 보니 네가 더 멋지구나. 난 그녀를 닮았지만 너는 비보다 멋진, 비를 뛰어넘는다는 거잖아. 넌 좋겠다. 부러워라. 솔직히 말하자면 오드리 헵번까지는 아니고 되려다 말았다고 '오드리 될뻔'이 내 진짜 별명이거든."

난 참고 있던 웃음을 터트리고 말았다. 오드리 될뻔이라니. 앞에 앉은 달덩이 아줌씨에게 정말 잘 어울리는 별명이라는 생각이 들었다.

"어, 너 웃었다. 너 진짜 멋있다. 처음 봤을 때하고는 완전히 달라. 그때는 그냥 참 잘생겼구나 하는 생각뿐이었는데 지금 웃는 모습은…… 우와아, 진짜 비보다 훨씬 멋져. 너 진짜 멋있다. 내가 별명 하나는 끝내주게 짓는다니까. 너에게 꼭 어울려. '비보다 멋진 미소'."

그 웃음으로 인해 상담 선생님과 나는 조금씩 가까워졌다. 선생님의 입을 통해 '비보다 멋진 미소'라고 불릴 때면 왜 그렇게 기분이 좋은지.

"괜찮아. 이성친구에게 관심이 가고 그것 때문에 고민하는 것은 네가 진짜 건강하다는 증거야. 너뿐만 아니라 아마 대부분의 아이들이 그럴걸. 커가는 과정에서 누구나가 겪는 인생의 과정일 뿐이야. 솔직히 요즘은 아이들이 너무 바빠서 그럴 시간이 별로 없다는 것이 문제가 되기도 하지만 말이야."

"엄만 뭔 난리가 난 것처럼 그랬단 말이에요."

"엄마 입장에서 보면 그럴 수도 있지. 착하고 성실한 아들이, 늘 엄마의 기대만큼 잘하던 아이가 갑자기 성적도 떨어지고 연애편지를 수십 장이나 써놓은 걸 보면 걱정되지."

"뭐가 걱정이 된단 말이에요?"

"아마 제일 큰 것은 성적이 아니었을까?"

"결국 그게 문제군요."

"선생님 친구 중에 고등학교 1학년 때 미팅에서 만나 11년을 연애해서 결혼한 애가 있거든."

"11년이나 연애를요?"

"근데 그 두 사람을 주욱 지켜보면서 그들이 참 아름답다고 생각한 것은, 두 사람이 서로에게 좋은 친구이자 인생의 경쟁자가 되어주었기 때문이었어. 남학생은 의대에 진학을 하고 내 친구는 의상학과를 갔는데 사실 두 사람이 만났을 때는 두 사람 모두 미래에 대해 막연한 상태였어. 그저 대학에는 가야겠다 정도였거든. 그런데 둘이서 친구가 되면서 두 사람은 구체적인 인생의 목표를 찾는 일에 관심을 가지게 되었고 자신이 진짜로 하고 싶은 일을 목표로 삼고 참 열심히 공부해서 각자 원하는 대학에서 공부를 했어. 그 사이 워낙 긴 시간 이라 둘이 헤어지는 것은 아닐까, 혹은 결혼하기 전에 동거를 하거나 하는 일이 생기지는 않을까 걱정을 하기도 했었는데 두 사람은 자신 들의 공부에 최선을 다하면서 또한 서로를 참 많이 아껴주면서 연애 도 잘하더라는 거지. 결혼을 앞두고 두 사람이 친구들을 만났을 때 그랬어. 자기들은 서로만을 생각하며 살지 않았기에 지금에 이를 수 있었다고. 두 사람은 누구를 위한 것도 아닌 자신을 위해 열심히 살 았다는 거지. 한 사람의 욕심을 위해 다른 사람을 희생시키지도 않았 고 자신이 하고 싶은 마음 때문에 다른 사람에게 양보할 것을 강요하 지도 않았다고. 각자 서로를 존중해주면서 자신을 위해 열심히 살아 왔다고. 우리 '비보다 멋진 미소'가 성적이 떨어진 이유는 무엇일까? 왜 그 친구를 좋아하게 되면서부터 그렇게 공부가 안 되었던 걸까?"

"늘 윤희 생각밖에 안 나는 걸 어떡해요? 보고 싶기도 하고 학원에 가서도 자꾸 윤희만 쳐다보게 되니까 강의 내용이 무슨 말인지 하나 도 귀에 들어오지 않고. 집에 와서는 밤새워 편지 쓰느라 시간 다 보 내고. 학교 가면 잠이 와서 엎어져 자고."

"그래서 윤희와의 만남에서 네가 즐거웠니?"

"만나고 말고가 어딨어요. 그게 단데. 따로 만나 데이트도 못 해본 걸요."

"윤희를 만나게 되어, 그러니까 좋아하게 되어서 네가 좋아진 것은 무엇이 있어?"

"글쎄요……. 그저 보고 있거나 생각하면 좋다는 거. 하지만 이제는 다 물 건너간걸요, 뭐. 저 이러는 거 윤희도 알거든요. 학교에서 마주쳐도 눈도 안 마주쳐요. 내가 이렇게 된 게 다 자기 때문인 줄도 모르면서. 바보 같은 기집애. 그 기집애는 여전히 공부 잘하고 잘 지내는 걸요, 뭐."

"그럴까? 윤희도 '비보다 멋진 미소'가 왜 이렇게 되었는지 정도는 알고 있을 거라고 생각해."

"진짜요?"

상담 선생님은 윤희와 나를 만나게 해주었고 윤희와 어떻게 좋은 친구가 되는지에 대해서도 가르쳐주었다. 윤희도 '비보다 멋진 미소'라는 내 별명이 내게 잘 어울리고 맘에 든다고 했다. 그리고 엄마도 이제는 나를 보고 웃는다.

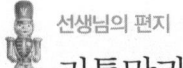
리틀맘과 십 대의 성

선생님이 너희와 같이 읽었으면 해서 고른 책은 『이름 없는 너에게』라는 책이야.

　고 3에 단 한 번의 성관계로 인해 임신을 하게 된 아이가 자신의 몸 안에서 자라고 있는 태아에게 '이름 없는 너에게'라는 제목으로 쓴 편지를 주내용으로 담고 있어. 둘 다 곧 원하는 대학에 진학을 앞두고 있던 아이들에게 일어난, 그저 분위기와 감정에 휩싸여 벌어진 단 한 번의 사건은 여자 아이에게는 임신과 출산, 그리고 육아라는 너무도 큰 삶의 짐을 짊어지게 했어. 하지만 그 과정에서 남자 아이를 유심히 관찰해볼 필요가 있어. 남자 아이는 자신이 원하는 대학으로 진학을 해 떠나지만 여자 아이는 아이를 보육시설에 맡길 수 있을 때까지 자신의 꿈을 잠시(?) 접어둔 채 아이를 혼자서 키워야 하거든.

　남자와 여자가 함께 존재해야 수정이 되지만 남자의 역할은 거기서 거의 끝이라고 할 수 있어. 임신과 출산, 육아에서(요즘은 공동 육아를 많이 이야기하지만 책에서처럼 결혼을 하지 못하는 상황에서 혼자 아이를 키우게 되는 엄마들이 많아) 여자의 역할은 정말 남자와는 비교조차 되지 않지. 그러니 그런 관점에서 임신과 출산이라는 문제를 바라보면 더더욱 많은 생각을 하게 될 거야.

얼마 전 인터넷에서 '리틀맘'이라는 단어를 보았을 때부터 이 주제에 관해 너희와 이야기를 한번 해보고 싶었단다.

'성'에 대해 아직 십 대인 너희와 사십 대의 선생님이 제대로 이야기를 할 수 있을까 걱정되는 것이 사실이야. 리틀맘이라는 단어가 인터넷상에 오른 지 꽤 시간이 지났다는 것은 그만큼 선생님이 이 주제를 가지고 많은 고민을 해왔다는 의미가 되겠지. 정말 많은 고민을 했지만 결국 이렇게 편지를 통해 이야기하는 것으로 마음을 정했고 참 어렵게 이 글을 시작하고 있단다. 그러니 여러분도 진지하게 읽어주기 바랄게.

청소년기에 나타나는 우울증, 성제삼 혼란 등 여러 가시 정신적인 장애들을 영화라는 매개를 통해 소개하면서 아이들이 가정에서 부모의 사랑을 충분히 받고 자라야 한다는 것을, 영화 속 청소년들의 모습을 통해 부모가 알아야 할 청소년 심리를 전해주는 『영화 속의 청소년』이라는 책에 이런 대목이 있어.

판단능력과 통제능력이 아직 충분히 발달하지 않은 아이에게, 아이를 존중하고 자율성과 주도성을 발휘하게 한다는 명분하에 중요한 판단과 결정을 하도록 전적으로 맡기는 것은 악영향을 미칠 수 있다는 사실이다. 무엇인가 판단하고 결정하는 주체가 되면 그 일의 결과에 책임을 져야 한다. 아이를 존중해준다고 했다가 오히려 아이에게 무거운 책임을 지워주는 셈이 될 수 있다.

아이들의 입을 통해 '내 인생은 내가 알아서 하니 간섭하지 말라', '가치관이 달라 말이 통하지 않는다'는 말을 듣고 당황스럽다는 부모님을 종종 보게 돼. 그리고 아이와의 마찰을 피하기 위해 아이가 원하는 대로 따라가는 경우도 많다고. 하지만 위의 글에서처럼 무엇인가 판단하고 결정하는 주체가 되면 그 일의 결과에 책임을 져야 한단다. 리틀맘도 생명을 쉽게 저버리지 않았다는 점에서, 나름대로 선택하고 책임을 지고 있다는 점에서 관심의 대상이 되고 있는 것이 아닐까. 하지만 아이를 낳아 기르겠다는 선택 이전에 십 대에 동거나 결혼, 그리고 임신을 하게 되기까지의 과정도 제대로 된 선택이었고 책임을 질 수 있는 것이었는지, 그리고 그들이 그런 선택을 하게 되기까지 부모나 주변의 어른들, 사회는 그들의 선택에 어떤 영향을 주었는지를 생각해볼 필요가 있다고 생각해.

나는 그런 아이들과는 다르다, 나와는 상관없는 일이다, 내 아이에게는 절대 일어나지도 일어날 수도 없는 일이라고 간단히 잘라 말할 수 있을까?

중학교 때 같은 반이던 아이가 임신해 학교를 그만두었더라는 이야기를 전하면서 "바보같이 피임도 안 했는지 몰라. 피임만 했어도 아무 문제가 없었을 텐데…… 그쵸, 어머니?"라는 말을 자연스럽게 하는 열여덟의 내 딸의 얼굴을 한동안 바라보면서 그 아이의 입에서 나온 말이 "어떻게 임신을 할 수가 있어요, 그쵸, 어머니? 상상도 할 수 없는 일이구만."이라는 이야기가 아닌 것이 너무 의아했던 선생님이란다. 그때 참 많이 당황했었어. 내 딸의 주변에서 그런 일이 일어났다는 것도, 그 일을 바라보는 시각이 많이 다르다는 것에서도, 그리고 마지막 협박(?)까지. 농담인 줄 알면서도 섬뜩하기까지 했었단다.

"어머니 고맙죠? 전 그래도 어머니를 할머니로 만들어드리지는 않잖아요?"

내 딸에게 그런 일이 생긴다면 나는 과연 어떻게 받아들일까를 생각하며 몇 밤을 끙끙대며 고민도 했었어. 아이에게 '남자 친구는 절대 사귀지 말라고 해야 하나? 친구는 사귀어도 성관계는 안 된다고? 그럼 어디까지는 괜찮다고 이야기를 해야 할까? 아님, 피임만은 꼭 해야 한다고 부탁을 해야 하나?' 등등

작년에 한 아이가 이런 일로 상담을 요청해왔어.(아이의 허락을 받고 공개하는 거란다.)

"선생님, 남자 친구가 생겼는데요……. 남자 친구와 손도 잡고 키스까지 했어요. 그런데……"

여기까지 듣고 선생님은 어떤 생각을 했는지 아니?

'남자 친구가 성관계를 가지자고 졸라대는 걸까?'

그런데 그 아이를 통해 나온 이야기를 들으면서 선생님의 코드가 너무 빗나갔다는 것을 알고 정말 당황스러웠단다.

"요즘 계속…… 자꾸만 그런 생각을 해요. 남자 친구와 섹스를 해보고 싶다는…… 그 친구가 하자는 것도 아닌데…… 제가 해보고 싶다는 생각이 자꾸 들어서…… 그 친구를 만나면 그런 생각이 더 드니까 만나는 것이 두려운 생각까지 들고…… 얼굴을 마주보면 어색하고…… 그 친구가 알면 나를 어떻게 생각할까 싶어 겁도 나고……. 이러는 제가 이상한 건가요?"

리틀맘, 미혼모에 관한 이야기를 할 때 많은 사람들은 성폭행에 의한 어쩔 수 없는 결과이거나 가정에서 부모의 사랑을 받지 못한 아이들이 이성에게 쉽게 정을 주고 그로 인해 임신까지 가게 되는 거라고 이야기하더구나. 하지만 선생님의 생각은 조금 달라. 이제 이 문제는 더 이상 불우한 환경에서 자란, 그래서 관심과 사랑에 목말라 있는 일부 십 대들의 문제는 아니라고 생각해. 사람들이 미혼모 중에 그런 가정환경을 가진 아이들이 많다고 여기는 것은 임신과 출산의 과정을 의논하고 함께해줄 사람을 주변에서 찾지 못한 아이들이 보호 시설 등을 찾기 때문에 표면적으로 드러나서일 거야. 그렇지 않은 경우에는 부모님들에 의한 낙태, 또는 출산을 하더라도 사회적인 시선을 생각해 감추고 있는 경우가 대부분이어서 표면화되지 않을 뿐이지 그런 경우도 많을 거라 생각해.

선생님이 오늘 빌린 십 대와 이십 대 초반의 독자들을 대상으로 한

잡지책에 낙태한 친구를 위해 무엇을 해줄 수 있을까를 다룬 기사가 있는 것을 볼 때에도 우린 십 대, 이십 대 초반의 결혼하지 않은 상태에서의 임신과 낙태, 출산이 더 이상 일부 몇몇 아이들의 문제만은 아니라는 것을 인식해야 한다는 생각이야. 십 대들의 개방(?)적인 성문화의 한 결과가 바로 미혼모와 그들의 아이들이잖아. 요즘은 미혼부라는 말도 여러 매체에 심심찮게 등장하지만 아이를 임신하고 출산하는 것은 오롯이 여자의 몫이고 그 뒤에 따르는 육아 또한 대부분 일방적으로 여자에게 맡겨진다는 점에서 이 문제는 정말 우리가 같이 진지하게 고민해봐야 할 문제라고 생각해.

사랑에는 책임이 따른다는 말은 너무 식상하니?

다른 것 다 떠나서 아이는 많은 사랑과 관심 속에서 자라야 한다고 생각해. 어린 나이에 엄마가 된다고 해서 아이를 잘 키우지 못한다고 단정적으로 말할 수는 없겠지만 선생님이 두 아이를 낳아 키워보니 아이를 키우는 일은 결코 쉽지 않은 일이란다. 부모의 정서적 안정과 아이를 대하는 태도는 아이에게 정말 중요해. 그리고 너무 어린 나이에 부모가 되었을 때는 경제적인 문제도 정말 크단다. 사랑하면 되지 돈이 무슨 문제가 되느냐고 할지 모르지만 아이를 키우는 일은 사랑하는 마음만으로는 불가능하단다.

얼마 전 고 2 예슬이가 빌려온 만화, 『헬로우 베이비』를 보았는데 이런 대목이 있었단다. 유치원생이 이모 집에 와서 살게 되면서 일어나는 이야기인데, 아이의 친척 오빠가 아이가 엄마를 너무 그리워하

고 기다리는 것이 안타까워 아이의 엄마를 찾아가 만나는 장면이 있
어. 자기가 낳은 아이는 어떻게 해서든 자기가 키워야지 왜 버리느냐
고, 왜 남에게 맡겨서 저렇게 엄마를 그리워하게 하느냐며 심하게 따
지니까 아이의 엄마가 이렇게 대답을 하더구나. 어느 날 아이를 때리
게 되더라고. 사는 게 너무 힘드니까 아이를 사랑하는 마음보다는 아
이 때문에 힘들다는 생각이 더 먼저 들고 그래서 아이 때문에 내가
이렇게 산다는 생각까지 들고 결국은 아이를 때리게 되더라고. 그래
서 엄마에게 맞아가며 같이 사는 것보다는 차라리 떨어져 사는 것이
더 낫다는 생각에서 그랬다고.

전에 선생님이 술에 관해 쓴 편지 속에 나오는, 다섯 살이 될 때까
지 방안에서 갇혀서 자랐던 그 아이도 엄마가 열아홉에 아이를 낳아
학교를 그만두고 염색 공단 근로자로 일을 해야 했었대. 아이를 돌봐
주는 사람이 없으니 아기를 방안에 혼자 두고 방문을 밖에서 잠그고
일을 하러 가야 했다는 거야. 그 아이의 어머니도 아이를 사랑했을
거야. 하지만 당장 아이와 먹고 살아야 한다는 현실이 아이를 그렇게
밖에 키울 수 없게 했던 거지. 그래서 결국 아이는 품행장애를 겪고
소년원까지 가는 불행한 상황까지 맞게 되었고.

이렇게 부모가 생존 자체에 매달려야 하는 상황이라면 과연 아이
는 충분한 관심과 사랑으로 자랄 수 있을까.

우리 역시 부모님이 조금만 소홀하다 싶어도 속상하고 상처를 받
기도 하잖아. 쉽게 생각해서 내가 바라는 좋은 부모가 되어줄 수 있

는 준비가 되었을 때 아이를, 그것도 많은 사람들의 축복 속에서 가질 수 있었으면 하는 바람이야.

함께 읽어보기를 권하는 또 한 권의 책이 있어. 『레모네이드 마마』.

이 책은 아버지가 서로 다른 두 아이를 키우고 있는 십 대의 엄마와, 직장에 나가야 하는 그 엄마를 대신해 아이들을 돌봐주는 아르바이트를 하는 또 다른 십 대의 이야기를 다룬 책이야. 이 책에 이런 대목이 있어.

"학교 책을 성경책처럼 들고 다니면, 교실에서 공부하고 시험을 잘 보고 선생님에게 예쁘게 웃으면, 어떤 놈이 아무 곳에서나 너를 쓰러뜨려도 임신하지 않을 것 같아?"

『이름 없는 너에게』의 엄마도, 『레모네이드 마마』의 엄마도, 이 땅의 많은 리틀맘들도 생명을 끝까지 지켜낸 점에서는 그들의 선택이 용감하고 또한 책임감 있는 사람들이라 할 수 있겠지만, 그들이 '책임감'을 발휘했어야 할 순간이 조금 더 앞이었더라면 하는 것은 여전히 많이 안타까워.

자신의 몸을 아끼고 사랑하는 책임, 순간적인 기분이나 욕망을 이겨내고 그 다음을 생각할 줄 아는 책임, 정신적으로나 경제적으로 아이를 제대로 기를 수 있도록 준비를 하는 책임 말이야.

그리고 이 글을 읽는 남학생들에게 부탁할게. 위의 두 권의 책을 읽어보고 임신과 출산이 자신이 좋아하는 여자 친구에게 어떤 영향을 주게 될지 알았으면 좋겠어. 무엇보다도 육체적인 사랑에 앞서 아버지가 될 준비가 되어 있어야 함을 기억해줘.

사랑은 시작도, 과정도, 그리고 그로 인한 결과도 아름다워야 한다고 생각해. 축복과 사랑, 관심으로 태어나고 자라는 아이들의 세상을 만드는 것은 우리가 할 수 있는 일이라고 믿어.

어느 날
내가 죽었습니다
이경혜, 바람의 아이들

제자 한 명이 교통사고로 세상을 떠났다. 사정이 있어 혼자 살고 있는 아이였는데 토요일 밤 그 아이의 집으로 가기로 했다가 너무 피곤해 월요일에 가겠다고 약속을 미루었다. 그 아이는 토요일 밤 길거리로 나갔다가 뺑소니 교통사고를 당했고 월요일에 만나자던 그 약속은 영원히 지키지 못할 약속이 되어버렸다. 이 책 속의 재준이도 교통사고로 세상을 떠났다. 하지만 그 아이는 살아 있을 때 힘들 때마다 자신이 죽었다는 상상을 하곤 했다. 죽었다고 생각하니 지금 눈앞에 있는 일들은 그리 큰일처럼 느껴지지도 않고, 도리어 소중하기만 한 일들로 생각되었다고.

큰 아이가 고 3 수능을 앞두고 한 말이다.

"어머니, 아이들하고 이야기를 하다가 수능 치다가 뛰어내려 자살하는 사람들 이야기가 나왔어요. 많은 아이들이 언어영역 시험 치고 난 뒤 뛰어내리는 거 공감한다고 하는 거 있죠. 제가 그랬어요. 수능 그게 뭐라고 목숨을 끊는단 말이냐, 정말 생각했던 점수가 안 나오면 재수를 할 수도 있고 아니면 좀 안 좋은 대학 가면 되지 않느냐고, 그게 목숨과 바꿀 만한 것은 아니라고 말이에요. 근데 아이들이 저보고 이상하대요. 수능시험 망치면 끝장인데, 대학 못 가면 끝장인데 뭐가 남아 있느냐면서, 차라리 죽는 게 낫다면서 말이에요. 저도 한때는 그렇게 생각한 적 있어요. 2학년 기말고사 칠 때 최선을 다해보고 생각만큼 성적이 안 나오면 목매달아 죽어버리겠다고. 하지만 지금은 아니에요. 최선은 다하겠지만 그게 다는 아니라는 것을 알거든요."

아이는 이 책과 『베로니카 죽기로 결심하다』가 삶에 대한 열정을 키울 수 있도록 도움을 주었다고 했다. 『자살가게』라는 책도.

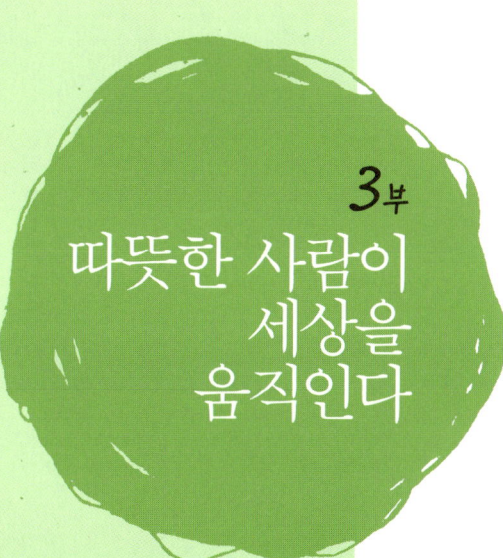

3부
따뜻한 사람이
세상을
움직인다

먼저 세 사람을 도와준다.
그 세 명은 각각 세 명씩 도와준다.
그렇게 하면 세상을 바꿀 수 있을까?

십 분간의
시각장애인 체험

　　　　　　　　　　과학 수업시간에 점자 모형으로 시각장애인 체
험을 했다. 스티로폼에 구슬이 달린 핀을 꽂아 글자와 그림을 만들어
점자 모형을 만들었다. 글자는 한 음절씩으로 두 개를 만들고 그림은
정형화되어 있는 것에서 조금씩 변형시켜 일부분으로 전체를 상상할
수 없도록 만들었나. 우리 반이 진도가 가징 빨라 우리 반 이이들이
각자 1개씩 만들어서 2학년 전체가 그것으로 수업을 한다고 했다.

　눈을 감은 채 실험대 끝에 쌓여 있는 점자 모형을 하나씩 자기 앞
으로 가지고 가 시험지에 점자 모형에 있는 것들을 옮겨 그리는 작업
을 했다. 작업하는 동안은 눈을 뜨면 안 되고 손가락으로 점자 모형
의 글자와 그림이 무엇인지 알아내야 했다. 연필이나 지우개를 찾는
일은 물론이고, 틀린 것 같아 수정하는 일, 과학실 바닥에 떨어뜨린
시험지를 찾는 일도 눈을 감은 채 해야 했다. 점자 모형을 앞에 두고

손을 대어본 순간 아이들의 입에서는 수많은 말들이 쏟아져 나왔다.

"이거 도대체 뭔데?"

"뭔지 하나도 모르겠다."

"지금 눈 뜨고 있는 친구는 한 명도 없는데 이게 도대체 뭐냐고 묻는 건 아무 의미가 없죠? 혹시 선생님에게 묻는 건가요? 눈 뜨고 있는 사람은 나 혼자니까, 그런 거예요? 반말하지 마세요."

와르르 쏟아지는 반 아이들의 웃음.

단 십 분 동안이었지만 나는 정말 머리가 터질 것 같았다. 눈을 뜨고 싶은 생각이 그렇게 강할 수가 없었다. 그러면서 아버지 어머니 생각이 나서 가슴이 먹먹해졌다. 아버지도 이렇게 답답하시겠지, 어머니도 내가 이렇게 눈이 뜨고 싶은 것처럼 목소리가 나왔으면 좋겠다는 생각을 하시겠지, 하는 생각이 들자 나는 더 이상 눈을 뜨고 싶다는 생각을 할 수가 없었다. 나는 조금만 지나면 눈을 뜨게 되겠지만, 아니 지금이라도 마음만 먹으면 두 눈을 번쩍 뜨고 보고 싶은 것을 볼 수 있겠지만, 아버지와 어머니는 앞으로도 언제까지나 답답한, 소리 없는 세상을 살아가셔야 하겠지……. 얼마나 많이 떼를 썼었던가. 다른 아이들 엄마처럼 손으로 말고 입으로 이야기하라고. 다른 집 아빠처럼 손으로 말고 입으로 야단을 치라고. 엄마와 아빠의 목소리가 들린다면 야단을 매일 들어도 잔소리를 매일매일 들어도 괜찮다고 생각했었던 어린 시절의 내 철없던 소망들.

혼자 목이 메어와 손끝으로 아무것도 느낄 수 없어 그림도 그리지 못하고 있는데 눈을 뜨라는 선생님의 목소리가 들렸다. 소리를 들을 수 있다는 것이 이토록 고마운 것인 줄 새삼 깨달았다. 만약 앞을 보지 못하는 상태에서 듣지도 못한다면. 그런 생각을 하자 앞이 안 보이는 것보다는 그래도 듣지 못하는 것이 조금은 더 나을 것 같았다. 엄마와 아빠는 내 소리를 듣지는 못해도 나를 볼 수는 있으니까. 나를 보지 못하고 만져서만 나를 느낄 수 있다면…….

시각장애인 체험은 내게 많은 것을 느끼게 해주었다. 정상인 부모를 가진 친구들은 오늘 내가 느낀 이 고마움을 알까? 내가 눈이 보인다는 것이, 부모님이 나를 볼 수 있다는 것이 얼마나 고마운 일인지를.

선생님이 텔레비전으로 우리의 모습을 보여주었다.

"여러분이 눈을 감고 있는 동안 선생님이 비디오카메라로 여러분의 모습을 찍었습니다. 그렇게 가까이 가서 촬영을 해도 여러분이 몰랐던 이유는 뭘까요? 선생님이 몰래 그런 일을 할 거라는 것을 상상도 못 했기 때문일 겁니다. 그리고 손끝에 모든 깃을 집중하느라 다른 것에 신경을 쓸 여유가 없었을 테고요. 그럼 선생님은 왜 여러분 몰래 촬영을 했을까요?

자, 교과서를 볼까요? 집안에 불이 났는데 집안에 있는 사람이 그 사실을 알지 못한다면 어떻게 될까, 라고 단원이 시작되고 있습니다. 우리에게 감각기관이 있는 가장 중요한 이유가…… 그렇죠. 생명을 보호하기 위해서입니다. 불이 나는 것을 보거나 뜨거운 열기를 느끼거나, 타는 냄새를 맡거나, 타닥타닥 물건이 타는 소리를 듣거나, 이렇게 우리가 가진 감각을 이용하여 우리의 소중한 생명을 보호하는 것이 우리에게 감각기관이 있는 가장 중요한 이유일 겁니다.

선생님이 여러분 몰래 여러분의 모습을 촬영을 한 이유도 바로 이 점을 이야기하고 싶기 때문입니다. 선생님이 여러분에게 몰래 촬영한 것을 이야기하지 않고 동영상을 인터넷에 올리는 일도 가능하겠지요. 어느 날 여러분은 자신도 모르게 찍힌 여러분의 모습이 많은 사람들에게 공개되고 여러 사람들의 홈페이지로 옮겨져 있다는 것을 알게 될 수도 있을 겁니다. 이렇게 단지 눈만 감고 있었을 뿐인데, 그 것도 잠시 말입니다. 그런데도 여러분은 참으로 많은 위험에 무방비 상태가 되어버린다는 거지요. 만약 눈을 뜨고 있었다면 어땠을까요? 대부분 고개를 숙이거나 카메라를 피했겠지요. 바로 시각이라는 감각이 있기 때문에 자신의 판단에 따른 반응을 할 수 있는 것이지요. 그런 행동은 생명과 직결되는 것은 아니지만 자신을 보호하는 것이고요.

여기서 한 가지 우리가 중요하게 생각해야 할 것이 있습니다. 우리는 아주 잠깐 장애 체험을 했지만 우리와 함께 살아가는 사람들 중에는 평생 고치지 못할 장애를 가진 사람들이 참 많습니다. 그런데 우리는 그들이 보이지 않는다는 이유로 들리지 않는다는 이유로 그 사람들에게 큰 상처를 줄 수도 있습니다. 나는 무심히 던진 말과 행동이지만 자신을 보호하지 못하는 그들에게는 정말 큰 상처가 될 수 있다는 것을 생각해야 할 것입니다. 혹여 그들이 우리의 말과 행동을 알아차리지 못한다 하더라도, 그래서 상처고 뭐고 될 게 뭐가 있느냐 싶을지도 모르지만, 그런 생각 역시 인간으로서 그들에 대한 우리의 예의가 아닐 겁니다."

선생님의 수업은 계속되었지만 내게는 더 이상 선생님의 이야기가 들려오지 않았다. 그저 고마운 마음에 얼른 집으로 가 두 눈으로 엄마 아빠의 얼굴을 보고 싶을 뿐이었다. 집으로 돌아오는 길에 정우 녀석은 엘리베이터 버튼의 점자가 그렇게 단순해야 하는 이유를 이제야 이해했다고, 이렇게 두 눈이 잘 보이는데도 책 읽고 공부하는 것이 힘든데 점자로 된 책으로 모든 공부를 해야 한다는 것은 정말 상상하기도 어렵다고, 그래서 그들이 자신보다 더 위대해 보인다고 했다.

남을 도울 수 있는 나만의 방법

선생님은 어제 무척 오랜만에 헌혈을 했단다. 요즘은 헌혈차가 아니라 시내에 새로 생긴 공원에 헌혈의 집이라는 것이 있더구나.

선생님이 잘 몰라서 우리 반 친구들 셋이서 친절하게 헌혈의 집 앞까지 같이 가주었어. 그 친구들은 헌혈을 가끔 한다면서 자신들이 헌혈했던 곳으로 나를 데리고 가주었지.

선생님이 헌혈을 한 것은 두 가지 이유에서였어.

선생님은 2003년부터 보호관찰을 받는 청소년들의 멘토 활동을 해오고 있어. 한 아이와 짧게는 6개월에서 길게는 2년 동안 일주일에 한 번 정도 만나 여러 활동을 하면서 그 아이들의 친구가 되어주는 것이지. 선생님과 십 대 아이들이 친구가 되는 것이 가능할까 싶지? 한국청년연합회(KYC) 대구지부에서 주관하는 '좋은 친구 만들기'라는 프로그램을 통해 활동하다 보니 여러 도움을 받기도 하고, 실제로 활동을 해보니 정말 마음을 터놓을 수 있는 친구가 될 수 있더구나.

친구 사이도 되고 선생과 제자 사이가 되기도 하고 부모와 아들 사이도 되고.

지난번 하늘나라에 간 선생님의 아들 이야기를 했었잖아. 그 아이는 멘토인 선생님을 엄마로, 우리 가족을 진짜 자기 가족으로 생각해주었어. 사정이 있어 중학교 시절부터 혼자 살고 있는 아이였거든. 8개월 동안 만나면서 내가 정말 기쁘고 감사하게도 멋진 사람으로 변해주었었는데……. 교통사고로 세상을 떠나 우리 가족 모두에게 큰 슬픔을 안겨주었지. 오늘은 그 오빠를 만났던 것처럼 1년 전 그 장소에서 새로운 오빠를 만나러 가는 날이야.

그런데 헌혈은 왜 했느냐고?

선생님과 함께 이 활동을 하는 사람들이 헌혈을 해서 헌혈증서는 백혈병을 앓고 있는 대학생에게 주고, 함께 받는 선물, 영화 할인권, 도서상품권, 전화카드 등은 오늘 만나는 친구들에게 주자고 제안했기 때문이야. 참 좋은 생각인 것 같아 선생님도 기꺼이 동참했어. 헌혈로 누군가를 돕고 그로 인해 생긴 선물을 또 누군가에게 선물로 줄 수 있으니 얼마나 좋아. 내가 돈을 주고 산 선물과는 조금 다른 의미를 가질 테니 말이야.

너희도 헌혈을 해보라고 권하고 싶어. 만 16세에 몸무게 45킬로그램이 넘으면 할 수 있대. 생리 중일 때나 감기약 등을 먹었을 때, 몸의 상태가 좋지 않을 때는 피해야겠지.

어제 선생님이 한 것처럼 전혈(혈액의 성분 전체를 뽑는 것)은 2개월에 한 번 정도 할 수 있고 혈액의 일부인 혈장만 뽑는 것은 2주일에 한 번씩 할 수 있다고 하더구나. 어제 선생님은 헌혈의 집에 있으면서 참 많은 친구들이 헌혈을 하러 오는 것을 보고 흐뭇했단다.

참, 오늘 선생님이 만나게 될 친구와는 어제 잠시 전화 통화를 했는데 목소리가 아주 멋있었어. 나중에 너희와도 함께 만날 수 있는 날이 있었으면 좋겠다. 선생님과 그 친구가 서로에게 도움이 되는 사람이 되기를 너희도 기도해줘.

오늘 선생님이 편지를 쓰는 이유는 '남을 도울 수 있는 나만의 방법'을 찾아보자고 얘기하기 위해서야. 생각해보면 이제까지 살아오면서 가족이나 친구, 선생님, 이웃들로부터 참 많은 도움을 받았을 거야. 이제는 우리가 그들에게 도움이 될 수 있는 방법을 찾아 실천해보자.

이 글을 읽고 스스로에게 '나는 무엇으로 다른 사람에게 도움을 줄 수 있을까?'를 진지하게 생각해보고 정리해서 발표해보기로 하자.

혼자 생각하고 조용히 실천하는 것도 좋겠지만 다른 친구들이 어떤 생각을 하고 어떤 행동들을 계획하고 있는지 안다면 그것만으로도 서로에게 큰 도움이 될 거라고 생각하거든.

너무 거창하게 생각하지 말고 너무 멀리 있는 사람을 대상으로 삼지 않아도 돼. 가까운 사람들에게 내가 할 수 있는 것을 해주는 일만으로도 충분하니까. 웃는 얼굴로 친구에게 먼저 인사를 하는 것도 그 인사를 받는 친구들에게는 참 큰 선물이 될 테니까.

우리 예쁜 9반 아이들은 얼굴만큼, 아니 그 이상으로 마음이 예쁠 거라 생각해. 그 예쁜 마음들을 세상을 향해 조금씩만 더 열고 살아가도록 하자꾸나.

너희의 사랑으로 세상이 좀 더 아름다워지리라 선생님은 믿는단다.

사랑해!

어둠 속의 댄서
라스 폰 트리에 감독,
비욕 주연

이 영화를 본 중학교 3학년 딸은 나를 아주 원망했었다. 왜 이렇게 슬픈 영화를 보여주었느냐고.

외국인 노동자들에 관해 적지 않게 이야기되고 있는 요즘이다. 이 영화의 배경은 1964년의 미국이지만 지금 우리 사회의 한 면을 보는 듯하다. 체코에서 온 시력을 잃어가는 엄마는 자신을 닮아 시력을 잃어가고 있는 아들의 수술비를 벌기 위해 정말 밤낮으로 열심히 일을 한다. 그리고 자신은 뮤지컬 배우가 되겠다는 꿈을 꾼다. 상상 속에서 노래하고 춤추는, 뮤지컬 배우가 된 셀마는 행복하다. 하지만 현실은 전혀 그렇지 못하다. 그래도 셀마는 모여가는 수술비에 희망을 잃지 않고, 자신을 이해해주는 집주인 빌이 있어 견딜 만하다고 생각한다. 하지만 빌에 대한 믿음으로 교수형에 처해지는 운명을 맞게 된다.

우리는 누군가가 알지 못할 거라는 이유로 대담함을 넘어 무모해질 때가 있다. 셀마의 눈은 자꾸만 어두워지고 빌은 셀마가 볼 수 없다는 이유로 씻을 수 없는 죄를 저지른다. 그저 슬픈 멜로 영화일 수도 있지만 이 영화를 통해 폭력에 대해 생각해보았으면 한다. 눈빛만으로도 우리는 누군가를 불행하게 할 수도 있다는 것을. 인터넷 댓글 등 상대가 알지 못한다는 이유로 무서운 폭력을 휘두르는 일은 없는지. 진정한 배려는 상대방이 알든 모르든 한결 같아야 한다. 친구가 없는 곳에서 한마디 하는 것 또한 결코 쉽게 생각할 일이 아니다.

반바지 선생님

　　나는 초등학교 2년차 교사. 별명은 '반바지 선생님'. 늘 반바지를 입고 출근하는 나에게 아이들이 붙여준 별명이야. 내 이야기 한번 들어볼래?

　　내 오른쪽 팔과 다리에는 흉터가 있어. 시골에서 태어난 나는 어릴 적 소죽을 끓이는 솥에 빠졌고, 팔과 다리에 큰 화상 흉터가 생겼지. 이 흉터 때문에 마음 아팠던 적은 말할 수 없이 많았다. 아이들이 이상하다고 보기 싫다고 어떤 아이는 무섭다고까지 했고 그런 말을 들을 때마다 피가 날 때까지 상처 부위를 문질러대곤 했지만 그 흉터는 없어지지 않았어. 사내자식이 그 정도 흉터로 그러느냐고 어머니는 도리어 나를 혼내셨지만 나는 그 흉터로 인해 자꾸만 말이 없어져갔다. 학교에서도 친구들이 모두 내 팔과 다리만 보는 것 같아 학교에 가는 것도 싫어졌고 나는 늘 혼자 노는 아이가 되어버렸어.

그런데 초등학교 6학년 때 우리 집에 세들어 살게 된 아이를 만나면서 나는 내 다리가 얼마나 고마운지 알게 되었어. 내가 경선이를 처음 보았을 때 경선이는 쪽마루에 걸터앉은 채 식구들이 이삿짐을 나르는 것을 지켜보기만 하고 있었어. 식구들이 땀을 뻘뻘 흘리면서도 그 아이에게는 아무 일도 시키지 않는 것이 참 이상했었지. 어린 동생들도 보따리를 나르느라 바쁜데 말이야. 내가 자신을 빤히 쳐다본다는 것을 알고는 그 아이는 빙긋이 웃으며 자기 옆에 세워져 있던 목발을 손가락으로 가리키는 거야. 그때서야 나는 그 아이의 발을 보았고, 반바지를 입은 아이의 왼쪽 다리는 아주 가늘고 짧았어. 내 시선이 자신의 발에 머물고 있다는 것을 알고는 경선이는 나에게 손짓을 했어. 자기에게로 오라고.

"이 집에 살고 있니? 엄마가 주인집 아들이 나와 동갑이라고 했었는데 너 맞지? 난 주경선. 넌?"

경선이는 나보다 목소리도 더 크고 웃는 모습이 참 예쁜 아이였어. 나는 내 이름조차 제대로 말하지 못하고 쭈뼛거리고 서 있기만 했지. 그날도 엄마의 성화에 못 이겨 반바지를 입고 있었고 경선이의 눈에도 나의 흉터가 보일 것이라고 생각하니 자꾸만 고개가 땅으로 떨어지기만 하는 거야.

다음 날부터 경선이는 나와 같이 학교에 가게 되었는데 경선이는 그 짧고 가느다란 다리가 부끄럽지도 않은지 늘 반바지를 입고 다녔지. 나는 반바지를 입지 않으려고 매일 아침 엄마와 한바탕 난리를 치는데 경선이네 방 쪽은 아무리 귀를 쫑긋 세워보아도 그런 이야기가 오가는 것 같지는 않았어.

'기집애가 그런 다리로 부끄럽지도 않아?'

나는 나도 모르게 그런 말을 내뱉고 있었어. 그러면서도 한편으로 나는 경선이의 활달한 성격이 무척이나 부러웠지. 전학을 온 경선이지만 반 아이들과는 나보다 더 잘 어울려 놀고 수업 시간에도 손들어 발표는 혼자서 하는 통에 선생님도 경선이라면 얼굴 근육이 다 풀린 채 바라보고. 그렇게 나의 6학년은 매일 입어야 하는 반바지와 경선이로 인해 비참하기만 했고, 그래서 난 매일 긴바지를 입을 수 있는, 교복을 입을 수 있는 중학생이 되는 날을 손꼽아 기다렸지.

그러던 어느 날 경선이가 학교에서 넘어지는 일이 생겼어. 어느 학교에나 있겠지만 우리 학교에도 여자애들 골려먹는 것을 제일로 생각하는 놈들이 있었는데 경선이가 운동장에서 공기놀이를 하는 동안 뒤에 놓아둔 목발을 숨겨버리고 경선이 비틀거리며 일어서는 순간 발을 걸어 넘어트린 것이었어. 나는 경선이를 싫어하면서도 늘 경선이 주위를 빙빙 돌며 시간을 보내는 버릇이 생겨버린 탓에 그날도 공기놀이하는 기집애들 옆의 모래사장에서 혼자 모래성을 쌓았다 부수었다 하면서 시간을 보내던 중이었어. 경선이는 비틀거리며 넘어졌고 같이 공기놀이를 하던 여자애들은 목발을 찾아오겠다며 아이들을 뒤쫓아가버렸지. 넘어진 경선이 옆에는 나 혼자뿐이었어. 경선이는 넘어지면서 얼굴을 심하게 다쳐 볼에는 피가 흘렀고 무릎에도 피가 나고 있었어. 울면 어떡하지, 하는 걱정으로 경선이를 바라고 있는데 경선이는 피가 나는 무릎을 손으로 스윽 닦더니 그 손을 내게로 내밀었어.

"뭘 해? 잡아줘야지."

나는 아무 말도 못하고 마치 내 손에 피가 묻은 것처럼 손을 엉덩이에 몇 번 문지르고 난 뒤에 경선이의 내민 손을 잡았지. 내 손을 잡고 일어선 경선이 말했어.

"우린 참 특별한 아이들이야, 그치?"

"뭐…… 뭐?"

"넌 늘 그렇게 말을 더듬니?"

"아…… 아……니. 그…… 그게, 그게……"

"너 아침마다 반바지 때문에 엄마하고 싸우더라. 왜? 흉터 때문에?"

나는 입을 열면 말을 더 더듬을 것 같아 입술을 깨물고 한숨만 쉬었어.

"난 반바지만 입어. 반바지가 제일 편하거든. 솔직히 가끔은 예쁜 치마도 입고 싶기는 하지만 말이야. 엄마는 내가 어릴 때부터 내가 제일 편한 것이 무엇인지를 물었어. 다른 사람들 눈에 어떻게 보이느냐가 중요한 것이 아니라 내가 편한 것이 제일이라면서 말이야. 아빠는 지금도 가끔은 긴바지를 입으라고 하셔. 아마도 가늘고 짧은 다리를 드러내고 있는 게 좀 그러신가 봐. 하지만 엄마는 언제나 내가 제일 편한 것을 입으라고 하시고 나는 반바지가 제일 좋아. 긴바지는 왼쪽 다리에 휘감기면 무겁고 불편하거든. 근데 넌 꼭 반바지를 입을 필요는 없는데 그치?"

"엄…… 엄마, 엄마가……"

"아마 네가 다리의 흉터를 당당하게 드러내고 살아갔으면 하는 마음에서 그러시는 걸 거야. 그 흉터 때문에 많이 힘드니? 내가 보기에는 별로 그렇지도 않은데……."

"아…… 아…… 아이들이…… 놀……"

"그렇긴 해. 아이들이 놀리는 거 그거 힘들지. 근데 내가 비결을 하나 알려줄까? 다음부터 아이들이 흉터를 보고 놀린다는 생각이 들면 경선이는 어떨까 생각해봐. 넌 남자잖아. 나는 여자고. 넌 흉터가 있을 뿐이지만 목발이 필요한 것도 아니잖아. 아이들이 놀린다면 누구를 더 놀릴 것 같아? 그리고 너와 나 중에 누가 더 심한 소리를 들을 것 같아?"

"……."

"우리 엄마가 그러셨어. 나는 참 다행이라고. 두 다리가 다 그런 사람들도 참 많대. 그리고 평생을 누워 있어야 하는 사람들도. 그래서 나는 참 다행이라고. 한 번은 엄마가 자원봉사하는 데 따라 가본 적이 있는데 진짜 거기 있는 사람들은 전부 누워 있는 거야. 내가 도와줘야 할 사람들뿐이었어. 엄마는 내 다리가 이 정도여서 다행이고, 그게 고마워서라도 봉사를 많이 해야 된댔어. 솔직히 나도 다른 아이들과 똑같았으면 좋겠다는 생각도 많이 해. 특히 언니가 운동회에서 달리기 1등 했다고 공책을 상으로 받았다고 할 때는 진짜 골이 많이 난다니까. 오늘 같은 일이 있을 때도 그렇고. 아마 목발은 부서졌을 거야. 벌써 몇 번째인지 이젠 기억할 수도 없는걸, 뭐. 왜 그런지는 모르지만 이러고 다니는 내가 보기 싫은 사람들도 있나 봐. 겨우 다리 길이 좀 다른 것뿐인데 왜들 그러는지 정말. 내 손 놓지 마. 너 혼자 가 버리지도 마. 넌 두 다리가 튼튼하니까 이렇게 나를 도와줄 수 있잖아. 지금은 솔직히 네가 고맙기도 하고 부럽기도 해. 만약 네가 이런 비슷한 일을 당했다면 나는 너를 도와줄 수가 없잖아."

나는 그때 결심을 했어. 언제나 경선이 같은 이들을 도와줄 수 있는 사람이 될 거라고.

아주 특별한 현장학습

한 학기에 한 번 있는 현장학습 시간에 봉사활동을 가자는 선생님의
제안에 많이 황당하고 속상할 거라는 거 알아. 친구들과 재미있고 신
나는 곳에 가서 즐거운 추억을 남기고 싶은 마음도 모르는 것은 아니
야. 다들 현장학습으로 스케이트장을 간다, 놀이 공원을 간다, 영화를
보러 간다고 야단들인데 우리 반만 봉사활동을 가자니, 그것도 중증
장애인들이 있는 애망원으로 가자니……

선생님이 이런 면에서는 고집이 세고 융통성이 좀 없어 보이지? 하
지만 선생님은 너희에게 좋은 현장학습의 기회를 주고 싶어. 좀 더
특별한 추억을 만들어주고 싶은 것은 선생님 욕심일까? 늘 너희의 의
견을 존중해주던 선생님이 이번 일을 혼자서 결정하고 일방적으로
밀어붙이는 바람에 더 화가 났을 거라는 것도 알아.

선생님이 애망원으로 봉사활동을 너희와 같이 가보고 싶은 이유는
그리 거창하지 않아. 우리의 도움이 필요한 사람들이 이 세상엔 너무

많다는 것을 너희도 알아야 한다고 생각하기 때문이야. 우리는 모두 건강하잖니? 우리가 가고 싶은 곳은 어디든 갈 수 있는 건강한 몸이 있잖아. 하지만 우리의 이웃이지만 그렇지 못한 사람들이 참 많아. 그들에게는 우리의 도움이 아주 많이 필요해. 솔직히 혼자서 그런 곳을 찾아가기는 쉽지 않아. 선생님의 경험으로는 그랬거든. 그래서 같이 해보았으면 하는 거야. 혼자서는 약간 두렵기도 해서 선뜻 갈 수 없지만 우리 반 전체가 같이 간다면 더 뜻깊은 시간이 되리라 믿어. 어떤 일이든 첫 발을 내딛는 것이 중요하다고 생각해. 같이 가서 그곳에서의 시간들을 경험해보고 난 뒤 그 다음은 너희의 몫이 될 거야.

선생님은 우리 학교에서 반별 현장학습으로 전문대학의 조리학과를 찾아 요리사 체험을 해보기도 했었어. 자신의 숨겨진 재능을 발견하거나 요리사라는 직업을 체험해볼 기회를 가진 그 일도 좋은 현장학습이었어. 하지만 그 일은 굳이 우리 반 친구들이 같이 하지 않아도 가능하다는 생각이 들었어. 현장학습을 다녀온 뒤 너희의 선배들이 쓴 글 중에 혼자는 용기가 없어 하지 못하지만 꼭 해보고 싶은 일에 장애인을 위한 봉사활동이 있었어.

그래서 그 다음부터 봉사활동으로 현장학습을 가게 되었지. 너희가 지금 이러는 것처럼 너희 선배들도 처음엔 반대가 심했어. 다녀와서도 감당하기 벅차다거나 힘들고 무섭다는 생각이 들었다는 아이들도 있었어. 그래서 다시는 그런 곳에 가고 싶지 않다는 아이까지. 하지만 그곳에서의 시간이 자신을 되돌아보고 자신이 얼마나 고마운 삶을 살고 있는 지 느끼게 되었다는 아이들도 많았고 그 일을 통해 자신이 해야 할 일을 찾았다거나 그동안 부모님 속을 많이 썩였는데 건강하게 낳아주신 것에 고마워하면서 잘해야겠다고 반성하는 사람도 있었고. 그 일을 통해 느끼고 알게 되는 것은 오로지 너희의 몫이야.

선생님은 너희에게 조금 더 많은 세상을 보여주고 싶은 거야. 나의 도움이 절대적인 사람들과의 시간을 통해, 너희 스스로 생각하고 느껴보기를 바라는 마음.

해보지 않았잖니? 가보지도 않고 싫다고 거부만 하지 말고 일단 한번 가서 해보자꾸나. 신나고 재미있는 곳에 가지 못해 많이 속상하겠지만 그 마음 잠시 접어두고 우리 같이 한번 가보자. 선생님이 이렇게 졸라대는(?) 것에는 그럴 만한 이유가 있을 거라고 생각하고 한번 따라와줬으면 해.

선생님이 자주 하는 말 기억하지?

누군가 해야 한다면 내가 하자.

해보자, 응? 이 일은 진짜 누군가는 해야 할 일이야. 그러니 우리가, 예쁜 너희가 먼저 해보자.

그리고 이건 그곳에 먼저 가본 너희의 선배들이 꼭 전해달라는 이야기야. 그곳에 가기까지의 과정과 그곳에서의 일들을 주변 사람들에게 꼭 알려주기 바란다네. 자신들이 그랬던 것처럼, 그리고 너희가 지금 그런 것처럼 경험해보지 않은 채 머릿속으로만 생각하는 친구들에게, 너희가 그곳에 가게 된 과정과 그곳에서 만난 사람들, 그리고 그들을 도우면서 알게 된, 너희 몸으로 부딪혀 얻은 것을 다른 사람들에게도 전해주기 바란다는 부탁을 하더구나. 한 사람이 경험하고 그것을 통해 또 다른 한 사람이 같이 참여하게 된다면 세상은 조금 더 빨리 따뜻하고 행복해질 거라고. 체험을 통해서 얻은 선배들의 부탁이니 기억해줘.

지금은 나와 다른 세상을 본다는 것에 대해, 내가 제대로 도움을 줄 수나 있을까에 대해 두려움을 가지고 있겠지만 그곳에서의 시간은 분명 너희에게 큰 선물이 될 거라 믿어. 언젠가 이야기했었지? 누군가를 돕는다고 생각했는데 그로 인해 내가 더 큰 것을 얻게 되었다고. 우리가 손을 내밀어 잡아주어야 할 손들이 세상에는 참 많이 있단다. 그 일을 우리가 해보자. 따뜻하게 그들을 향해 미소를 지어보자꾸나.

제8요일
자코 반 도마엘 감독,
다니엘 오떼이유 주연

우리 반에 장애를 가진 아이가 있었다. 그 아이와 함께 제주도로 3박 4일 수학여행을 다녀온 다음 이 말의 의미를 깨달았다. 하느님이 이 세상을 만든 후 빠뜨린 것이 있어서 장애우를 만들었다는 것, 바로 사랑과 나눔을 알게 해주기 위해서라는 것을.

그 아이를 중심으로 서른다섯 명의 아이들이 움직여야 했기에 3박 4일의 여행은 생각보다 힘들었다. 하지만 아이들은 조금씩 깨달아갔다. 불편하고 짜증나는 시간을 지나 자신의 마음에 조금씩 퍼져가는 초콜릿의 달콤함을. 몸이 불편한 친구 한 명을 위해 건강한 서른다섯 명의 아이들이 있었다. 그들은 나눔을 통해 다 같이 행복해질 수 있다는 것을 알았을 것이다.

하지만 영화는 비극적인 결말을 보여준다. 다운증후군인 주인공은 초콜릿 알레르기를 가지고 있다. 맛있고 달콤하지만 먹으면 안 되는 초콜릿. 그렇게 먹고 싶지만 먹으면 안 되는 초콜릿은 어쩌면 우리가 살고 있는 이 세상이 아닐까? 함께 어우러져 살고 싶지만 자신을 받아들여주시 않는, 서부반응을 일으키는 이 세상이 조지에게는 초콜릿이 아니었을까? 그런 조지가 선택한 길은 무엇이었을까?

빵 굽는 아이

"할머니, 또 올게요. 다음에 올 때는 더 맛있는 빵을 만들어 올게요."

"그려, 그려. 또 와. 아이구, 예쁜 내 강아지."

할머니는 내가 골목을 다 빠져나올 때까지 대문 앞에서 손을 흔드셨다. 할아버지도 그러시고 싶겠지만 몇 년째 누워 계시니 마음뿐이라는 것을 나는 안다.

고등학교에 가지 않고 직업학교에서 빵 굽는 것을 배운다고 했을 때 아빠는 당장 집에서 나가라고 고함을 질렀고 엄마는 남들 다 가는 대학 갈 생각은 않고 무슨 귀신에 씌었는지 모르겠다며 혀를 찼다. 우리 집 자랑덩이 언니는 하라는 공부나 열심히 할 것이지 빵 굽는 건 그리 쉬운 줄 아느냐고, 그리고 하필이면 직업학교냐고 대학 가서도 얼마든지 할 수 있는 거니 일단 대학 갈 생각부터 하라고 했었다. 중졸이 말이 되느냐고.

하지만 내 생각은 달랐다. 나는 우리 반 서른여섯 명 중에서 35등을 했다. 꼴찌가 아닌 것이 다행이기는 하지만 나는 정말 나를 이해할 수가 없었다. 공부를 안 하는 것은 절대 아니었다. 엄마가 학원에 가라고 하면 가고 과외를 하라면 했다. 나도 제발 30등 안에라도 들어봤으면 정말 소원이 없겠다고 할 정도였다. 내가 제일 부러운 아이는 우리 반 가희였다. 가희는 교과서를 가지고 다니지도 않고 공부 시간에도 늘 엎드려 잠만 잤다. 그런데 늘 30등 안에 들었다. 어떻게 그럴 수가 있는지 신기하기도 하고 진짜 부러웠다. 나는 정말 열심히 하는데도 안 되는 걸 어쩌란 말인가.

나는 도대체 잘하는 것이 없었다. 체육시간에 줄넘기를 해도 꼴찌고 십자수 솜씨도 남학생들보다 더 엉망이라서 남자애들이 혀를 끌끌 찰 정도였다. 미술시간에는 선만 그리다 보내고 피리 시험에서도 성악 시험에서도 나를 바라보는 음악 선생님의 얼굴은 펴질 줄 몰랐다. 여드름은 온 얼굴을 덮고 있고 키도 작아 셋째 줄에 앉아보는 것이 소원이었다. 내가 시험에서 꼴찌가 아닌 것이 놀랍고 자랑스러울 정도였으니 말 다하지 않았는가.

이런 내가 딱 한 가지 잘하는 것이 있었는데 그건 바로 요리였다. 그중에서도 빵을 굽는 일은 내가 생각해도 잘해도 너무 잘했다. 언니도 자기 친구들이 오면 나보고 볶음밥을 해달라고 했다. 엄마는 이랬다저랬다 했다. 기분이 좋을 때나 밥하기 아주 귀찮은 날은 내가 엄마로부터 칭찬을 받는 날이었다. 하지만 솔직히 칭찬받는 날은 그렇지 못한 날에 비해 너무 적었다.

"주방에 얼쩡거리지 말고 들어가서 공부해."

"공부를 그렇게 했어봐라. 반에서가 아니라 전교 1등도 문제없겠다."

"그러니까 대학 가서 너 하고 싶은 요리공부 실컷 하란 말이야. 얼른 가서 공부해."

"너 안 도우면 우리 밥 못 먹을 줄 알고 이러니. 저리 좀 가. 공부해서 성적 올리는 것이 효도하는 길이지, 이런 거 도와주는 거 전혀 효도 아니거든. 얼른 안 들어가. 지 언니는 좀 하라고 빌어도 안 하는데 저건 어디서 생겨났는지 정말."

초등학교 3학년 때 처음으로 호떡을 혼자서 구워보고 난 뒤 틈만 나면 주방에서 얼쩡거리는 나를 향해 엄마가 수도 없이 했던 말이다.

하지만 나는 끝내 직업학교를 선택했다. 고등학교 원서를 끝끝내 쓰지 않은 나를 보고 엄마는 집안 망신도 이런 망신이 없다고 남들은 공부를 하고 싶어도 형편이 안 돼 못 한다는데 저만 잘하면 유학까지 팍팍 밀어주겠다는데도 어떻게 이럴 수가 있는지 모르겠다며 싸고 누워버렸고 아빠는 나를 쳐다보지도 않았다. 그래도 언니는 조금 달랐다. 중졸 동생 부끄러워 어쩌냐고 할 줄 알았는데 엄마아빠 이해하라고, 기대가 커서 그러는 거라고, 시간이 지나면 괜찮아질 거라고. 엄마 아빠가 괜찮아지는 것이 아니라 내가 생각이 변할 거라고. 고등학교도 가고 싶고 대학도 가고 싶을 거라고. 일이 년 늦는 거 괜찮으니까 일단은 해보고 싶은 거 해보라고. 언니 생각에는 어린 마음에 객기를 부리는 것으로 보였는지도 몰랐다.

어쨌거나 그렇게 한바탕 전쟁을 치른 후 나는 직업학교에 다니게 되었다. 머리라는 게 참 웃기는 것이 그전까지는 내가 그렇게 열심히 외워도 모든 것을 거부하더니…… 시험을 칠 때 생각나는 것이라고는 '내 머릿속의 지우개'가 너무 작동을 잘 한다는 것뿐이었는데. 그래서 나를 35등으로 만들어놓았던 내 머리가 빵하고 관련된 것은 어찌하여 이리도 쏙쏙 받아들이고 절대 지우지를 않는 것인지. 키가 작아 꼬맹이라 불리는 나의 직업학교 생활은 힘들면서도 즐거웠다.

"오븐 사주세요. 고등학교 등록금만 하더라도 일 년에 백만 원이 넘잖아요. 등록금이다 생각하고 사주세요, 네? 네?"

"한 몇 달 하다 말 줄 알았더니 갈수록 태산이네, 정말. 오븐 같은 소리하고 있네. 너 하는 꼴 보면 있는 오븐도 팔아버리고 싶어. 정말 계속 그거 할 거야?"

"엄마는 내가 이렇게 행복해하는 거 안 보여? 내가 만년 꼴찌로만 살았으면 좋겠어? 난 이거 하면서 내가 진짜 대단한 사람처럼 생각된단 말이야."

"대단한 사람? 고등학교도 안 나와서 도대체 뭘 하겠다는 거야?"

"학교는 나중에라도 갈 수 있어요. 공부로는 대학을 못 가겠지만 아마 빵 굽는 거로는 많은 대학에서 어서 옵쇼 할걸요."

"누가? 어느 대학에서?"

"그건 나중에 보시면 알아요. 그러니 이제 제발 내가 하는 거 그냥 봐주심 안돼요? 오븐요, 오븐."

결국 엄마는 나를 이기지 못하고 오븐을 사주었고 나는 내가 굽고 싶은 빵은 다 구워보리라 열심이었다.

"이거 다 어쩔 거야? 매일 이렇게 구워대니…….."

"이게 다 공부잖아. 고등학교 다니는 아이들 영어 단어 외우고 수학 문제 푸는 거하고 똑같은 거잖아. 지우 있잖아, 거의 일주일에 한 권씩 새로 문제집 산다 그러더라. 그애 그렇게 문제집 사서 공부하는 거랑 내가 밀가루나 버터 사서 빵 굽는 거 연습하는 거랑 똑같지 뭘 그러우."

"말은 청산유수처럼 잘도 하는구먼."

말은 그렇게 해도 주방에 쌓여가는 빵을 보니 나도 저절로 한숨이 나왔다. 아빠는 안 그래도 별로 좋아하지도 않는 빵, 나 때문에 쳐다 보기도 싫다고 하고 동생이 구운 거라며 자랑삼아 몇 번 가지고 가던 언니도 어느새 시들해진 거 같고. 엄마는 열심히 먹으면서 잔소리는 그보다 더 많이 하고. 하지만 엄마 혼자서는 내가 구워대는 것을 다 소화하는 것은 절대 무리고.

그날도 집으로 돌아오는 지하철에서 나는 여전히 빵에 대해 공부를 하느라 책을 펼쳐들고 있었다. 내가 이렇게 책을 열심히 들여다볼 줄이야 난들 알았겠는가. 그런데 이상하게 자꾸만 누군가 나를 쳐다 보는 것 같은 이상한 느낌에 눈을 들어 주변을 살펴보니……

'뭐야, 저 할머니? 왜 저런 눈으로 나를 쳐다보는 거지? 지하철에서 열공하는 내가 그렇게 기특해 보이나?'

그렇게 애써 무시하려 했지만 할머니의 시선은 내게서 떠나지를 않았고 나는 도저히 책에 집중할 수가 없어 책을 덮어버렸다. 팔다리를 앞으로 주욱 펴서 스트레칭을 하고는 다시 할머니 쪽을 바라보았다. 할머니의 시선은 여전히 내 쪽을 보고 있었지만 할머니의 시선이 고정되어 있는 것은 내가 아닌 내 옆에 놓아둔 빵 바구니였다. 지우 생일이라 내가 구운 빵을 바구니에 담아 투명 비닐로 예쁘게 포장을 했는데 할머니의 눈이 그곳에서 멈춰버린 것처럼 보였다.

'배가 고프신가? 차림새를 보니 그럴 수도 있겠네.'

내릴 때가 다 되어 빵 바구니를 드는데 할머니의 시선도 같이 움직였다. 나는 할머니 쪽으로 걸어가 바구니를 내밀며 말했다.

"이거 제가 구운 빵인데 할머니 드릴게요."

당황하며 시선을 흩트리는 할머니의 무릎에 빵 바구니를 곱게 엎어드리고 지하철에서 내렸다.

'그래, 이거구나. 내가 왜 그 생각을 못 했지. 그래, 이거였어.'

덕분에 빈손으로 지우네 집에 들어섰다.

"야, 너 정말 너무했다. 어떻게 세상에서 제일 소중한 친구의 생일에 빈손이란 말이냐? 야자까지 빼먹고 이렇게 왔는데. 담탱이한테 쌩까고 위험을 무릅쓰고 나왔구만."

"그게 그렇게 됐다. 대신 내가 내일 진짜 멋진 선물 가지고 너희 학교로 갈게. 근사한 이벤트로 오늘 이 서운함 한 방에 날려줄게."

나는 지우의 하루 늦은 생일 선물로 지우 반 아이들 모두에게 줄 빵을 구워 저녁 시간에 맞춰 지우 학교 교문에서 지우를 기다렸다.

"이게 다 뭐야?"

"너희 반 서른일곱 명이라고 했지? 이거 좌악 돌려. 내가 세상에서 제일 친한 친구 생일로 준비한 이벤트야. 내가, 서지우의 단짝 친구가 직접 구운 빵이라고 너희 반 아이들에게 좌악 돌리라고. 어때? 세상에 하나밖에 없는 빵이다, 이거. 봐라. 빵에 이름이 다 적혀 있잖냐. 서지우라고. 이건 서지우빵이거든."

입을 다물지 못하고 있는 지우를 뒤로 하고 돌아오면서 내가 할 수 있는 일을 찾은 것 같아 가슴이 뛰었다. 빵을 굽는 일이 내 꿈이기는 하지만 그 길로 가는 동안 내가 할 수 있는 일이 하나 더 생겼다는 것이 나를 정말 기쁘게 했다.

그 후 내게는 많은 새로운 친구들이 생겼다. 방학 동안 봉사활동 가는 지우에게 끌려 억지로 갔었던 희망원의 식구들도, 희망원 선생님의 소개로 만난 할머니 할아버지들도 이제는 모두 내 친구들이다.

나는 빵을 굽는다. 다른 친구들이 문제집을 풀 듯이. 그 아이들이 다 푼 문제집은 분리수거함으로 들어가지만 내가 열심히 구운 빵은 많은 사람들의 가슴속으로 들어간다. 아주 달콤하고 부드러운 맛으로.

내 빵을 기다리는 사람들이 하나 둘씩 늘어가면서 나는 내 꿈에 한 발씩 더 다가가고 있음을 느낀다.

댄스 경연대회

오늘 1교시 너희와 댄스 경연대회 준비를 함께 하면서 선생님은 정말 고마웠어. 그리고 행복했어. 너희가 서로 도와주며 연습하는 모습을 보면서 선생님은 우리 반은 이미 우승한 거라 생각했어.

너희의 열심히 노력하는 모습 그 자체가, 그리고 잘 안 되는 친구들의 동작을 수정해주고 몇몇이서 짝을 지어 연습을 하는 모습이 정말 그 어떤 것보다 아름다웠어. 그렇게 너희가 함께 가는 그 모습, 잘 안 되는 아이들도 가르쳐주는 친구의 말에 귀를 기울이고 친구가 가르쳐주는 대로 열심히 따라 하는 모습은 정말 선생님을 감동시켰지.

그리고 특히 자상하게 한 동작 한 동작 가르쳐주는 우리 부실장 지혜의 모습에서 선생님은 많은 것을 배웠단다. 부드러운 말과 표정으로 자세히 설명해주는 것도, 친구가 금방 원하는 만큼 하지 못해도 조급하게 굴거나 짜증내지 않고 최선을 다하는 모습도 그렇고, 열심히 연습한 친구에게 "됐다 됐다, 봐라 되잖아" 하며 격려를 해주는 것도 선생님이 배우고 싶은 모습이었어.

그리고 잘 안 되어서 따로 연습을 해야 했던 아이들에게서도 많은 것을 배울 수 있었어. 잘 안 돼서 속상했을 텐데, 친구들이 너 때문에 자꾸 틀린다는 말을 할 때면 맘이 많이 상할 수도 있었을 텐데, 묵묵히 연습을 하던 예쁜 아이들. 다른 친구들 쉬고 있는 동안 쉬지도 못하고 팔이 아프도록 같은 동작을 되풀이하면서 많이 힘들었을 텐데도 말이야.

누구에게나 잘하는 것이 있고 또한 잘 못하는 것도 있잖아. 다른 사람이 10분 안에 되는 것이 나는 1시간이 걸려야 되는 것도 있고. 그건 사람마다 다 다를 테니까. 오늘 너희는 선생님에게 좋은 선물을 준 거야. 무엇을 배우는 것에 느린 아이는 있지만 결코 안 되는 아이는 없다는 거. 그 선물 가슴에 깊이 간직할게.

사랑하는 아이들아, 너희는 앞으로 살아가면서 참 다양한 상황을 맞이하게 될 거야. 그리고 어쩌다 보면 힘든 상황과도 마주치게 될 거야. 그때 오늘의 이 경험을 기억해줘. 느리지만 꼭 된다는 거. 조금 더 시간이 필요할 뿐이라는 거. 포기하지 않으면 꼭 된다는 거. 알았지?

앞에서 일하는 몇몇의 수고만으로는 결코 안 된다는 거 알아. 이 대회의 주인공은 우리 모두야. 그러기에 우리 반 아이들 모두가 주인공이고 너희 한 명 한 명의 마음이 모여 멋진 춤이 만들어지고 있다는 거 선생님은 잘 알아.

우리는 이 대회를 준비하는 동안 그 어떤 반도 경험하지 못한 일을 겪으면서 왔어. 그것이 우리를 더 크고 더 깊게 성장시켜줄 거라 믿어. 의연하게 받아들여준 너희가 얼마나 기특한지. 그래서 말이지만 선생님은 정말 복이 많은 사람이야. 너희가 선생님의 복덩이들이거든. 선생님은 이 세상에서 제일 부자야. 이런 보석들을 곁에 두고 있으니 말이야. 너희의 마음은 그 어떤 보석보다 아름답고 빛난다는 거, 알고 있을까?

비록 사정이 있어 조금 늦게 가고 있기는 하지만 우리는 결코 끝까지 늦지는 않을 거야. 너희의 뜨거운 열정이 있으니 말이야. 남은 시간 동안도 우리가 할 수 있는 최선을 다하기로 하자. 그래서 먼 훗날 이 시간들을 되돌아보면서 흐뭇한 미소를 입가에 머금을 수 있도록 하자꾸나.

아자 아자! 우리는 할 수 있다!

아름다운
세상을 위하여
미미 레더 감독, 케빈 스페이시 ·
헬렌 헌트 주연

중학교 1학년 트레버는 사회 선생 유진이 내준 과제인 '우리가 사는 세상을 좀 더 나은 세상으로 바꿀 수 있는 방법'에 대해 많은 고민을 한다. 다른 아이들은 숙제는 숙제일 뿐이라고 생각하지만, 트레버는 진심으로 이 숙제를 받아들이고 '도움 주기'라는 것을 제안한다.

"세상을 바꾸기 위한 나, 트레버의 아이디어는 바로 이것입니다. 제가 세 사람에게 아주 좋은 일을 해주는 거예요. 그런 다음 그 사람들이 어떻게 은혜를 갚으면 되느냐고 물어보면, 'pay it forward! 즉, 다른 사람에게 도움을 주라.'고 요구하는 거죠. 그러면 세 사람이 각각 세 사람씩 돕는 거예요. 그럼 아홉 명이 도움을 받게 되겠죠? 그 다음에는 스물일곱 명이 도움을 받게 될 거라구요. 순식간에 도움을 받는 사람의 수가 엄청나게 늘어날 거예요."

그러면서 맨 처음 거리에서 먹을 것을 주워먹는 부랑자에게 자신이 저금한 돈을 주며 자신의 계획을 실천하기 시작한다. 아이에게 무슨 그런 숙제를 냈느냐고 따지는 트레버의 엄마에게 교사는 이렇게 말한다.

"학기 초마다 내주는 숙제예요. 세상이 진짜 바뀔 수 없다는 건 알아요. 아이들에게 진지하게 생각할 기회를 준 겁니다."

세상을 바꾸는 힘의 출발은 바로 우리 스스로가 그 문제에 대해 진지하게 생각해보는 기회를 가지는 것이 아닐까.

맨 처음 트레버로부터 도움을 받은 상습 마약 복용자인 청년이 이런 말을 한다.

"트레버가 준 돈으로 이발도 하고 새 옷도 샀어요. 그 덕분에 취직도 하게 되었구요."

그 대목에서 몇 년 전 큰아이와 용돈 문제로 이야기하던 것이 생각나 깜짝 놀랐다.

"어머니는 돈을 어디다 쓰실 건데요?"

"난 어려운 사람을 돕는 데 쓰고 싶어."

"그런데 어제 지하도에서 만난 거지에게는 안 줬잖아요."

"그 사람은 자신의 의지만 있다면 노동을 할 수 있는 사람이라고 생각이 되었어. 그런 사람들에게 몇천 원 주는 것은 진정한 도움이라고 할 수 없어."

"어머니같이 생각하는 사람들 때문에 그 사람은 영원히 거지로 살 수밖에 없는 거예요. 그 사람이 취직을 하고 싶어도 어제처럼 그런 차림으로 어디 가서 일자리를 얻을 수 있겠어요. 도움을 줘야 그 사람이 목욕도 하고 이발도 하고 깨끗한 옷도 사 입어 취직이라도 할 수 있을 거 아니에요.

어머니는 그 사람이 스스로 일을 해야 한다고 하지만 당장 그 사람이 그런 차림새로 일을 하겠다고 오면 어머니는 그 사람의 차림새를 보고 일을 주지 않을 거잖아요. 그 사람에게 정말로 어떤 도움이 필요한지 어머니가 어떻게 아세요? 그건 그저 도움을 주려고 하는 어머니 입장에서 생각한 거지, 도움을 받아야 할 사람의 입장은 다르잖아요."

딸아이의 그 말에 '진정한 도움'이란 것에 대해 참 많은 생각을 했었던 나인지라 놀라지 않을 수 없었다.

아름다운 세상을 위하여 내가 할 수 있는 일은 무엇일까? 다른 사람이 아닌 내가 살아야 할 아름다운 세상을 위하여.

수화가 알려준
새로운 세상

       교생실습을 나온 지도 삼주일이 지났다. 우리 반 아이들을 보면서 나는 이 일을 계속 해낼 수 있을까 스스로에게 자꾸만 묻게 된다. 수업은 마음만큼 되지 않고 아이들과는 대화도 제대로 되지 않으니. 오늘 3교시 수업은 엉망이 되었고 지도교사는 나를 교실에서 나가라고 했다. 교실을 쫓겨나면서 문 앞에 커다란 벽이 하나 터억 나를 막고 있는 것을 느꼈다.

'이 길이 내 길이 아닌 걸까?'

특수교육과 4년 황민우.

내가 이 길을 걷겠다 생각한 것은 우연히 길거리에서 수화로 노래를 하는 사람들을 보면서부터였다. 시끄러운 시내 한복판에서 반주도 없이 목소리도 없이 오로지 얼굴 표정과 두 손으로만 노래를 부르던 사람들. 그들은 왜 거기서 들리지 않는 노래를 부르고 있었을까?

시끄러운 반주와 큰 목소리로 노래를 불러도 들어주는 사람이 별로 없을 그곳에서. 하지만 열다섯 나에게는 그 노래가 들렸다. 아니, 보였다. 친구들과 게임시디를 사러가던 중이었는데 나는 그들 앞에 멈춰 서서 그들의 노래를 보았다. 내가 자신들의 노래를 보고 있다는 것을 알고는 그들은 더욱 열심히 손으로 노래를 불렀고 그들의 얼굴에는 웃음이 가득했다. 달랑 한 명의 관객에도 그렇게 행복한 미소를 지을 수 있는 사람들. 친구 녀석들은 내가 그곳에서 노래를 보느라 발걸음을 멈춘 것도 모르고 자기들끼리 가버렸지만 나 또한 친구들이 없어진 것도 몰랐다.

수화를 배우고 싶어 성당에 다니기 시작하자 가족들은 고개를 갸웃했지만 크게 반대는 하지 않았다. 할아버지는 나중에 제삿밥도 못 얻어먹게 되었다고 혀를 끌끌 차며 못마땅해하셨지만 수화를 가르쳐드리자 신기해하시면서도 아주 열심이셨다.

"수화, 이거 좋구나. 이렇게 손주 녀석이랑 놀게 됐으니 말이다."

다른 가족들은 내가 좋아하는 일이니 말리지는 않겠지만 자신들에게 수화를 가르치지는 말아달라고 손을 내저었지만 할아버지는 나와 같이 있는 시간이 좋으셨던지 아주 열심히 배우셨다. 그동안 할아버지는 많이 심심하셨던 모양이었다.

1년 전 할아버지가 돌아가시기 전까지 나와 할아버지는 집에서도 수화로 대화를 하곤 했다. 다른 가족들은 멀쩡한 목소리를 두고 왜들 저러는지 모르겠다며 어깨를 들썩였지만 그건 할아버지와 나와의 특별한 대화였다.

"이 할아비하고 놀아주느라 고생했다. 네가 첨에 손으로 이러고 저러고 하는데 요상하기도 했지만 기특하다 싶었어. 넌 모르지만 어릴 적 세상을 떠난 네 막내고모가 말을 못했단다. 그놈 자식만 생각하면…… 네 할머니가 그렇게 일찍 세상을 뜬 것도 다 그놈 때문일 게다. 그때 내가 이런 걸 알았더라면 얼마나 좋았을까 싶은 것이. 다른 새끼들도 많아서 그놈 안쓰럽다고만 생각했지, 그놈 어떻게 제대로 도와줄 생각을 못 했었거든. 내가 왜 그렇게 열심히 수화를 배운 줄 아냐? 우리 노인정에 영감탱이 하나가 말을 못 해. 그놈이 매일 술만 먹고 주사를 해대는 통에…… 그런데 너한테 배운 걸로 내가 인사를 하니까 이놈이 깜짝 놀라는 거야. 내가 우리 손주놈에게 배웠다고 하니까 어찌나 좋아하던지. 네 덕에 좋은 친구 하나 얻어서 참 좋았다. 이제 내가 저세상으로 가버리면 그놈 또 혼자서 그러고 있을 걸 생각하니……. 다른 영감탱이들한테 제발 좀 배워보라고 해도 뭔 그런 쓸데없는 걸 배우느냐고 모두 손사래를 치니…… 그놈 불쌍해서……."

할아버지 영정을 붙들고 통곡을 하시던 그 할아버지의 얼굴이 아직도 생생하다.

'그래, 그 할아버지를 찾아 가보자. 왜 그동안 그런 생각을 한 번도 못 했을까?'

나는 그날 수업에 대한 지도교사의 엄청나게 많은 조언들을 적은 수첩을 보다가 벌떡 일어섰다. 교생실습실은 이미 퇴근 시간을 훌쩍

넘긴 시간이었지만 모두 고민에 쌓인 얼굴로 내일 할 수업을 준비하느라 꼼짝을 않고 있었다.

'그 할아버지를 위해 할 수 있는 일이 있다면 내가 가는 이 길에 대해 흔들림도 적어질 거야. 그날 단 하나의 관객이었던 나를 위해 그토록 기뻐하던 사람들이 있었잖아. 나와 손으로 대화를 나누며 할아버지는 얼마나 좋아하셨던가. 그동안 내가 만나러 다녔던 그 많은 사람들……. 나는 그들을 돕는다고 생각했었는데…… 그 사람들이 있어 지금의 내가, 기운 빠지고 흔들리고 있는 내가 도리어 위로받고 있으니. 그동안의 시간들이, 그들을 위해 봉사했다고 생각했던 시간들이 결국 지금의 나를 있게 한 힘이었어. 지금 내가 해야 할 일은 그 할아버지를 만나 할아버지와 마주보며 손으로 대화를 하며 내 시간을 나누는 것. 그래, 해보자.'

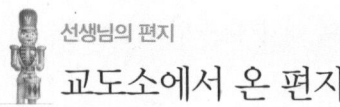

교도소에서 온 편지

며칠 전에 편지 한 통을 받았단다. 보낸 곳이 유성우체국 사서함이라고 되어 있더구나. 그전에도 우연한 인연으로 인천우체국 사서함이라는 주소가 적힌 편지를 받은 적이 있어 그곳이 어디인지는 짐작이 가더구나.

라디오를 들으며 자란 세대인 선생님에게 사서함은 라디오에 편지사연을 보내던 주소여서 인천우체국 사서함이라는 주소가 적힌 편지를 받았을 때는 '인천방송국에서 왔나? 내가 여기에 사연을 보냈었나? 이벤트에 당첨이 된 건가?' 하는 생각을 했었던 웃지 못할 기억도 있구나. 인천은 구치소, 유성은 교도소에서 온 편지였단다.

이번에 받은 편지는 모 잡지에 실린 선생님의 글을 읽은 이가 학교 주소로 편지를 보낸 것이었단다. 편지를 보낸 사람은 서른네 살의 청년으로 무기수라고 하더구나. 앞으로 남은 모든 세월을 그곳에서 살아야 할지도 모르는 사람의 편지를 읽으면서 마음이 얼마나 아프던지. 편지의 느낌으로 봐서는 그곳에서 생활한 지도 10년 정도는 된 것 같아 더더욱 그랬단다. 그 사람은 이 세상에 연결된 끈이 하나도 없다고 하더구나. 부모님도 사고로 돌아가시고 형제자매도 없어서. 그 사람이 선생님에게 편지를 쓴 이유는 세상과 연결될 수 있는 단 하나의 끈이라도 있었으면 좋겠다는 생각이 들었기 때문이래.

물론 그 사람이 그곳에 간 것은 그만한 죄를 지었기 때문이겠지. 한때 젊은 혈기에 자신을 다스리지 못해 큰 죄를 지었고 하루하루를 많은 사람들에게 엎드려 사죄하는 마음으로 살아가고 있다고 하더구나. 그러면서 이 편지 한 통이 자신에게 희망이라는 단어를 가슴에 가지게 해주기를 간절히 바란다고, 세상에 나가도 아는 사람이 한 사람 있다는 희망 말이야. 그래서 그곳에서의 생활을 더 열심히 할 수 있게 될 것 같다고. 혹여라도 세상에 나갈 수 있을지도 모른다는 희망을 가지게 되었다고 말이야. 나는 그 사람을 모르고 그 사람 또한 선생님을 모르지. 단지 몇 줄의 글을 통해 나를 선택해주었다는 것이 한편으로는 더없이 고맙고 또 다른 한편으로는 지그시 누르는 부담인 것도 사실이란다. 매달 읽는 그 책의 수없이 많은 필자 중에 하필이면 나였을까 하는 생각도 들고.

그런데 그 사람이 가장 하고 싶은 것이 공부라고 했을 때 조금은 그 마음을 이해할 수 있었단다. 참 아이러니하지? 평생을 세상 밖으로 나오지 못할지도 모르는 사람이 가장 하고 싶은 것이 공부라니. 무엇을 위해 공부를 하려는 걸까? 대학을 갈 것도 아닌데, 좋은 직장을 얻기 위해 취업 시험을 칠 것도 아닌데. 그런데도 그 사람은 공부를 가장 하고 싶다는구나. 그래서 자신이 하고 싶은 공부를 위해 선생님이 도움을 주었으면 한다고. 내가 할 수 있는 일이라고는 필요한 책들을 보내주고 오는 편지에 답장을 해주는 일이 고작이겠지만 그 사람에게는 세상과 이어주는 한 가닥 희망이라니 선생님이 도리어 고맙다는 생각이 든단다. 누군가에게 이렇게 도움이 될 수 있다니 말이야. 그 사람의 편지 중에서 한동안 선생님의 눈길이 머물러 있었던 곳은 '최선을 다해 살아보고 싶습니다' 였어. '지금이라도'라는 말도 있었단다.

그 편지를 읽으면서, 몇 평의 좁은 공간에서 자신의 의지로 할 수 있는 일이 거의 없는 그 사람의 최선을 다해 살아보고 싶다는 말에 나 스스로를 되돌아보게 되더구나. 나는 지금 최선을 다해 살고 있는지, 하고 말이야.

우리 열심히 살자꾸나. 왜 그래야 하는지를 굳이 말하지 않아도 잘 알 거라 믿는다. 사랑해.

나에게 행복을 주는 비결

나에게
행복을 주는 비결
이영미, 리수

한 아이가 있었다.

'우리 담임은 나만 보면 자퇴하라고 해요. 내가 자꾸 사고를 쳐서 나 때문에 죽겠다고, 미치겠다고. 죽고 싶은 건 진짜 난데…… 난 벌써 미쳐가고 있는지도 모르는데…….'

참 힘든 시간들을 견디고 있다는 아이에게 크리스마스 선물로 이 책을 주었더니 이런 메일이 왔다.

'선생님이 주신 책을 잠들기 전에 조금씩 읽고 있어요. 책을 잘 읽지는 못하지만 이 책은 읽으면 마음이 따뜻해져요. 그래서 악몽을 꾸지 않아요. 그래서 조금씩만 읽어요. 매일매일 조금씩 읽으면 저는 매일매일 따뜻한 마음으로 잠을 잘 수 있을 테니까요. 이 책은 진짜 나에게 행복을 줬어요. 그래서 방학이 끝나고 나면 조금 달라진 모습으로 학교에 가보려고요. 너무 기대는 하지 마시고요. 따뜻한 게 뭔지 조금은 알 것 같아요. 선생님이 보낸 문자 메시지 보고도 그런 거 느꼈어요. 너무 오래 기다리게 하지 말아달라던 메시지요. 선생님 손을 잡으면 안 되겠느냐는 메시지도요. 오늘 읽은 깃은 손목에 흉터 있는 어떤 선생님이 쓴 건데, 자면서 그 선생님을 만날 것 같아요. 새벽까지 잠들지 못하고 술 마시고 하던 버릇도 많이 고쳤어요. 이 책 읽고 잠들기 시작하면서. 메일도 이제 그만 쓸래요. 얼른 자야 하니까.'

작은 도움, 누군가를 위한 작은 도움이 부메랑처럼 내게로 돌아올 때는 훨씬 큰 것이 되어 나를 행복하게 해줄 때가 많다. 많은 사람들이 직접 겪은 이야기들을 통해 메일 속의 아이처럼 따뜻함이 무엇인가를 느껴보았으면 한다.

소통을 위한 첫걸음

세 장의 그림이 있다.

첫 번째 그림. 한 아이가 미술시간이 끝나도록 아무것도 그리지 못한 채 혼자 미술실에 남아 있다.

두 번째 그림. 책상 위에 놓인 빈 도화지를 (근심스러운 표정으로) 내려다보고 있는 선생님에게 아이가 말한다.

"전 아무것도 못 그리겠어요."

세 번째 그림. 무엇이든 그려보라는 선생님의 말씀에 아이가 화난 표정으로 도화지에 펜으로 점을 하나 콕 찍고 있다.

그림 속의 아이의 표정을 생각해보자. 도화지에 점 하나를 찍고 있는 세 번째 그림 속의 아이의 표정. 아이는 화가 많이 나 있다. 그 화는 누구를 향한 것일까?

첫 번째와 두 번째 그림을 보여주며 선생님들과 엄마들에게 이 아이가 앞에 있다면 어떻게 말할까를 물어보았다.

- 도대체 뭘 한 거야?

- 한 시간 동안 아무것도 안 하고 도대체 왜 여기 와 있는 거야?

- 그림도 안 그릴 거면서 학교는 왜 왔어?

- 수업시간이, 선생님 말이 장난인 줄 아니? 아무것도 그릴 수 없다니? 그걸 말이라고 해?

- 그림을 왜 못 그리는데?

- 다른 아이들은 다 그리는데 못 그리는 이유가 뭐야?

- 나이가 몇 살인데 그림을 그리지 못한다는 거야?

- 하기 싫다는 말과 못 그린다는 말이 같은 말인 줄 아는 모양이구나? 등등

이번엔 세 번째 그림을 보여주었을 때의 반응들이다.

- 그림을 그리라는데 이게 무슨 짓이야?

- 너 지금 나한테 반항하는 거야?

- 얼굴 표정하고는. 지금 누가 화가 났는지 몰라? 화를 내야 하는 사람은 네가 아니고 나야. 어디서 눈을 흘기고 있어.

- 어디서 이런 행동을 해? 도대체 넌 이런 걸 어디서 배웠니?

- 잘못하면 그 펜이 나를 향하겠구나.

- 도화지가 내 얼굴로 보이는 모양이지?

- 그림이고 뭐고 너 태도부터 다시 배워야겠다.

- 잘한다. 이걸 지금 그림이라고 그린 거야? 달랑 점 하나 찍은 것이. 넌 이게 그림이라고 생각하니?

- 점점 더 하는구나. 한 시간 동안 그림 안 그리고 버틴 것도 부족해 이제는 반항까지. 너 도대체 나에게 불만이 뭐야?

- 하기 싫다는 걸 표현하는 방법도 가지가지구나. 등등

하지만 아이들의 반응은 완전히 달랐다.

- 진짜 힘들겠다.

- 나도 저럴 때 화가 많이 나던데.

- 얼마나 속상할까?

- 그림을 그리고 싶어도 그릴 수가 없으니 그랬겠지.

- 얼마나 답답했겠어. 하얀 도화지가 목을 조여오는 것 같을 때가 있다니까.

- 뭘 하라는 거야? 그림을 그릴 수 있었으면 한 시간 동안이나 아무것도 안 하고 있었겠어. 못 하니까 그렇지. 안 하는 거하고 못 하는 거하고 구별도 안 되나, 어른들은.

- 무슨 그림을 그리라고 했기에 저럴까? 대충 그려주지. 수업이 뭐 학생들을 위한 건가? 선생 하고 싶은 거 시키는데 그저 대충 장단 맞춰주지.

- 그림이 그리라고 해서 되나? 그리고 싶도록 해줘야지? 무조건 그리라고 하니까 그렇지.

- 뭐든 강제로 시키니까 그렇지. 억지로 하라니까 그거라도 한 건데 뭐가 잘못되었나?

- 저거 선생님한테 화난 거 아닐걸요. 자기한테 화난 거예요. 등등

이렇게 같은 그림을 보면서도 다른 시각을 가지고 있는 아이들과 어른들.

아이들 말처럼 그림 속의 아이는 자신에게 화가 나 있을 것이다. 다른 아이들이 다 그린 그림을 그리지 못한 자신에게. 하지만 어른들은 그림을 그리지 못한 것과 그리지 않은 것을 구분하지 않으려 한다. 그리고 그 아이의 상처를 보기보다는 그 아이가 나타내는 분노를 어른들을 향한 것이라고만 생각하고 그림에 대해선 잊어버리고 그 순간 아이가 지은 표정과 몸짓으로 아이의 행동을 비난하거나 꾸지람을 하여 고쳐주어야 한다고 생각한다. 더 이상 그림은 문제가 아닌 상황이 되어버리는 것이다. 어디서 이런 표정을 짓고 이런 행동을 하느냐에만 매달려 문제의 본질조차 망각하게 되는 것이다.

이 그림에 대해 깊이 생각해보기 바란다. 엄마와 싸우고 집을 나간 아이와 상담을 한 적이 있었다. 그 아이는 친구들과 바다로 여행을 가고 싶었는데 엄마가 무조건 안 된다고 해서 엄마와 크게 다투었다고. 엄마가 그렇게 말을 안 들을 거면 당장 눈앞에서 없어지라고 해서 집을 나왔다고. 엄만 늘 자기 식대로 생각하고 자신의 말은 듣지도 않는다던 아이.

"무엇을 원하는지 정확하게 표현하는 것은 참 중요해. 네가 엄마에게 하고 싶은 말을 제대로 전달할 수 있어야 하거든. 친구들과 바다

에 가고 싶다면 엄마로 하여금 바다에 가라는, 즐거운 여행이 되기를 바란다는 말이 나오도록 해야 하는 거잖아. 그런데 넌 어땠어? 앞뒤 설명도 없이 바다에 가겠다고 말하고는 허락을 안 해줘도 갈 거니까 그렇게 알라니. 그러다가 제 풀에 지쳐서 그만 됐다고, 안 가면 되니까 그럼 됐지 않느냐고? 네가 원하는 대로 안 될 것 같으면 알았다고 됐다면서 말문을 닫아버리잖아. 무슨 말인지 제대로 알아듣지도 못하게 단어들만 나열하면서 눈에는 벌써 눈물이 넘쳐나고. 늘 끝은 엄마는 나를 이해하지 못한다고, 엄마에게 뭔 기대를 하겠느냐고 혼자 모든 결론을 내려버리지."

여기까지 이야기를 하니 아이의 눈이 동그래지면서 마치 본 것처럼 어떻게 그렇게 잘 아느냐고 물었다.

"어떻게 그렇게 잘 아느냐고? 내가 그랬었거든. 그리고 우리 딸도 나에게 그랬었고. 엄마는 너와 이야기를 하고 싶으실 거야. 네가 바다에 왜 가고 싶은지 어떤 친구들과 가는지, 어떻게 갈 건지, 언제 돌아올 건지 등등. 그냥 가고 싶으니, 아니 갈 거니 그렇게 알라는 것과는 많이 달라. 눈빛으로 척하면 알아줘야 한다는 건 욕심이야. 우리가 말을 할 수 있다는 것은 그 말을 통해 해야 할 것이 있기 때문일 거야. 눈빛과 몸짓으로 충분하다면 어쩌면 인간들은 말을 하지 못하는 동물로 살아가고 있을지도 몰라. 말은 일방적이면 안 된다고 생각해. 너도 엄마가 너에게 의견을 묻지 않고 맘대로 결정하고 지시만 할 때 어땠어? 그건 엄마도 마찬가지일 거야. 이 그림책 속의 아이를 한번

봐줘. 이 아이는 지금 왜 이런 표정을 지을까? 그림을 그리지 못하는
데 자꾸만 그리라고 해서 화가 난 걸까? 누구에게? 선생님에게? 선생
님은 네가 하고 싶은 것을 해보라고 했을 뿐인데? 그래, 네 말처럼 이
아이는 자신에게 화가 났을 거야. 그렇지만 그것을 거르지 않고 그대
로 드러냄으로써 자신을 향한 화가 마치 선생님을 향한 것처럼 되어
버리잖아. 네가 엄마하고 이야기할 때도 그랬을 거야. 마음은 가득한
데 말이 마음만큼 안 되어서 화가 났을 테지. 논리정연하게 잘 설득
할 수 없는 너 자신에게. 그래서 너는 너에게 화를 낸 거였을 거야. 그
런데 그 화를 누구를 향해 쏟아냈지? 됐다고, 알았다고 엄마하고는
말이 안 통한다고 엄마를 향해 쏟아내고 말았지. 그러면서도 이게 아
닌데 하는 생각도 했을 거야. 하지만 상황은 자꾸만 어긋나고 엉뚱한
방향으로 흘러가고. 제대로 된 말, 바로 대화를 해야 한다고 생각해.
일방적으로 쏟아내는 것이 아닌 잘 듣고 잘 말하는 대화를 말이야.
넌 엄마의 말씀을 잘 들었을까? 제대로 듣는 것은 대화를 하기 위해
매우 중요해. 상대방의 말은 듣지 않은 채 서로가 자신의 말만 하고
있을 때가 많거든. 그리고 또 하나. 네가 이야기하고 싶어 하는 일에
대해 너 스스로 이미 모든 결론을 내려놓은 상황에서 이야기를 꺼낼
때가 있을 거야. 아마도 엄마가 안 된다고 할 거야, 라는. 이미 네가
그렇게 결론을 내버린 상태에서 이야기를 하게 되면 엄마가 그 어떤
말을 하더라도 그저 반대를 위한 반대로만 들리게 되거든. 그렇게 되
면 내 그럴 줄 알았어, 라는 생각과 함께 마지막엔 '됐어요, 그만해요.

안 가면 되잖아요. 안 간다고요.'로 대화가 끝나게 되고."

그 아이가 그랬다. 자신을 표현하는 데 너무 서툴렀다고. 머릿속에는 꽉 차 있는 말들이 엄마 앞에서는 제대로 표현이 안 된다고. 머리가 터질 듯이 많던 이야기들이, 소설 한 권도 쓸 것 같던 것이 엄마 앞에서는 불쑥불쑥 엉뚱한 단어들만 튀어나온다고.

자신의 이야기를 잘할 수 있는 방법은 가장 원하는 것이 무엇인가를 생각해보는 것이다. 엄마하고의 감정싸움이 목적은 아닐 테니까. 자신이 얻고 싶은 것을 얻기 위해 어떤 단어들을 어떻게 전달해야 하는가에는 많은 생각과 연습이 필요하다. 한두 번 시도해보고 되지 않는다고 포기하지 않기를 바란다. 눈빛과 함께 진심을 담은 말로써 자신의 뜻을 제대로 전달할 수 있게 되기까지 노력하는 것이 중요하다. 소통은 우리의 삶에서 매우 중요한 것이라는 것을 기억하면서.

소통은 일방적이어서는 안 된다. 그러기에 어른들의 노력도 꼭 필요하다. 아이들과 어떻게 그렇게 잘 통하는지를 묻는 사람들에게 살짝 알려주는 노하우는 아이들이 무엇을 원하는지 잘 알아내는 것이다. 좋은 방법 중 하나가 '그 시절의 내가 되어보는 것'이다. 작년 6월 수능 모의고사를 친 뒤 서울 시립미술관으로 모네전을 보러 가고 싶다던 아이와의 일을 인터넷 블로그에 올렸었는데 옮겨와 보았다.

"지민이와 모네전 가고 싶어요."

"그래? 언제?"

"일요일에요."

"좋겠다, 다녀와."

"차비 등등 비용은 제가 알아서 할게요."

"저금 찾지 말고 필요 경비 청구해."

"네. 고맙습니다."

지난 8일 학교에 있는데 문자메시지가 왔더군요. 모의수능도 치고 곧 기말고사도 있고 해서 기분전환으로 좋겠다 싶어 흔쾌히 허락을 했습니다. 주변에서는 참 여유 있는 고 3이라고, 그리고 고 3 엄마라고 이야기들을 했지만 아이가 좋아하는 그림이고 이맘때쯤 지치기도 할 테니 기분 전환이 필요할 거라 생각했기에 정말 흔쾌히 허락을 했답니다.

뒤늦은 학구열로 곧 대학원 기말고사를 치는 남편이 시험 준비를 하면서 한 말이 생각나더군요.

"시험 기간이 되면 뉴스도 왜 그렇게 재미있는 게 많은지……."

저의 고 3 시절을 생각해보아도 공부를 해야 한다는 건 알지만 왜 그렇게 하고 싶은 것들이 많던지…… 영화도 그때 더 많이 보러 갔었고 잘 읽지 않던 연애 소설이나 만화도 그때는 왜 그렇게 재미나고 또 읽을 책들이 많던지…… 하지 말라는 것도 그때 제일 많이 했던 기억이 새록새록 떠오르더군요.

9월까지 전시를 하니 방학 때 가도 되겠다는 생각을 안 한 건 아니에요. 하지만 지금 아이가 무엇을 하고 싶은지가 중요하다고 생각했어요.

3학년 올라와 그동안 정말 열심히 달려왔으니 잠시지만 자신이 원하는 것을 하는 휴식도 필요하다 생각했습니다.

그래서 가게 된 서울행은 예슬이에게 아주 좋은 시간이 되어주었다고 합니다.

"시립미술관까지는 걸어갔어요. 처음 들어갔을 때 조금 더 자세히 볼 걸 하는 생각이 들었어요. 다 보고 한 번 더 보고 싶었는데 사람들이 너무 많아서 그러질 못해 아쉬웠어요. 모네전 말고도 여러 전시가 있어 그것도 참 좋았어요. 그리고 겨울에 고흐전 한대요. 수능 끝날 때쯤이라던데…… 어머니 생각이 났어요. 그때는 같이 가요."

"인사동에도 갔었는데 거기에 통역 자원봉사해주는 사람들이 있었어요. 일본 관광객이 통역을 부탁하니 어디선가 자원봉사자가 오대요. 그런 일을 하는 것도 참 보람되고 좋아 보였어요. 자기 실력도 쌓고 남에게 도움이 되는 자원봉사도 할 수 있고. 아참, 드라마 〈왕건〉에 나왔던 탤런트도 만났어요. 저보고 아주 착하게 생겼다면서 이야기도 많이 했어요. 사진도 같이 찍었는데 보여드릴게요."

"이거요. 예쁘죠? 도자기로 만든 반지예요. 거북이가 정말 귀엽죠? 인사동에는 정말 볼 게 많았어요."

집으로 돌아오는 차 안에서 예슬이의 이야기는 이렇게 길게 이어졌습니다. 그런 예슬이에게 제가 한마디했습니다.

"모의고사 때문에 전화가 많이 오…… 네……."

저는 참 조심스럽게 입을 뗐는데 예슬이의 대답은 무덤덤했습니다.

"다들 어려웠다니 저 또한 어려웠던 거 맞을 거고…… 그렇다고 모의고사 결과에 연연해한들 뭐 하겠어요? 앞을 봐야지요. 울고불고 한다고 인터넷에도 난리던데 그런다고 변하는 게 뭐가 있겠어요? 아직 남은 시간이 있으니…… 앞으로 잘해야지요."

6월 수능모의고사를 치고 난 뒤 며칠 동안 저희 집 전화가 아주 바빴습니다.

"이번 시험 그렇게 어려웠다는데…… 예슬이는 어때?"

"잘 쳤대? 몇 점 나왔어?"

"언어가 아주 어려웠다는데 예슬이는 어땠어? 수리 나형도 어려웠고 사탐도 어려웠다는데 그거 다 예슬이가 치는 것들이잖아?"

제 친구를 비롯해 가족 친지까지.

"모두 우리 예슬이를 생각하는 마음들이 커서 그러시는 거야. 네가 열심히 하는 거 아니까……."

"걱정하지 말라고 하세요."

"걱정 안 해. 너의 말처럼 마지막에 웃으면 되니까. 모의고사가 아닌 진짜 수능에서 웃게 될 거니까."

저는 예슬이가 친 6월 모의고사 성적도 모릅니다. 저는 모든 성적을 아이가 말하기 전까지는 물어보지 않거든요. 그저 애썼다, 고생했다는 말과 함께 두 팔 벌려 아이를 따뜻하게 안아준 것이 모의고사를 치고 온 아이에게 제가 해준 전부였습니다. 아이는 인터넷을 통해 알아보더니 저에게 먼저 이렇게 말했습니다.

"영어 듣기에서 하나 놓쳤는데 이제 알아요. 제가 똑같은 유형의 문제에서 틀린다는 것을요."

"됐네. 그것을 알았으니…… 이런 것이 모의고사를 치는 이유라는 거 알지?"

시험을 치기 전에 수없이 했던 말이었습니다.

"모의일 뿐이야. 단지 연습, 알지? 이번 시험이 중요하다고들 하지만 그래봤자 모의, 모의일 뿐이야. 시험 결과에 너무 연연해하지 말기 바랄게. 물론 결과가 좋으면 좋겠지만 그렇지 않을 수도 있어. 이 시험을 치는 이유는 난이도와 문제들의 경향을 파악해보자는 것일 거야. 그리고 틀린 문제에 대한 분석을 제대로 해서 똑같은 것에서 틀리지 않도록 하자는 것."

어떤 사람은 그렇게 말하더군요. 이번 시험 결과와 진짜 수능에서의 점수가 크게 다르지 않을 거라고. 몇 명 수능 대박이 나는 아이 말고는 비슷하다고. 하지만 저는 그렇게 생각하지 않습니다. 지금도 잘하고 있고 앞으로 더 잘할 거라 믿어요.

아이는 엄마인 내가 바라는 것보다 더 공부를 잘하고 싶을 것이고 더 시험 성적이 잘 나오기를 바랄 것이고 더 대학에 가고 싶을 것이다. 그런 아이에게 우리가 해줄 수 있는 것은 따뜻한 시선과 격려, 그리고 믿음을 표현하는 일일 것이다.

대학 입학을 위한 준비를 하는 고 3이라는 시간도 분명 아이에게는 순간순간 소중한 삶일 것이다. 나의 고 3 시절이 그랬듯이 말이다. 미래를 위해 그 시간들을 무조건 참고 견디라고 말하는 대신 아이가 스스로의 미래를 위해 기꺼이 준비하는 삶을 살고 있다는 생각이 들도록 해주는 것이 중요하다. 자신의 삶을 자신의 것이라 절실히 느끼는 아이라면 그 누구보다 치열하게 자신의 인생을 위해 살 것이라 믿기 때문이다.

헬프콜(Help Call) 청소년전화 1388

전문상담원이 심리상담과 인권상담을 24시간 실시하며, 신변의 위험이 있을 때 구조 요청을 하거나 청소년에게 유해한 환경을 신고하면 관계 기관에서 즉시 조치한다. 자원봉사를 원하는 청소년에게 필요한 정보를 제공하기도 한다. 일반전화로는 1388만 누르면 되고, 휴대폰으로는 지역번호와 1388을 누르면 된다.

한국청소년쉼터협의회 http://jikimi.or.kr, 02-403-9171

청소년쉼터에서는 가출 청소년이나 가정에 머물기 어려운 청소년들에게 무료숙식 및 의료 서비스를 제공하고 상담과 생활지도를 병행한다. 가출을 경험한 청소년과 부모에 대한 상담활동도 펼치고 있다. 전국에 있는 각 쉼터의 연락처를 홈페이지에 게재해 놓았다.

학교폭력SOS지원단 1588-9128(구원의팔), 1588-7179(친한친구)

학교폭력에 대한 상담과 중재를 진행한다. 평일은 9시부터 22시까지, 토요일은 9시부터 1시까지 전화를 받으며, 청소년폭력예방재단 (http://www.jikim.net, 02-585-0098)에서 운영하고 있다.

아하!청소년성문화센터 http://ahacenter.kr, 02-2676-1318

YMCA가 서울시의 지원을 받아 운영하고 있는 청소년 성교육 · 상담 전문기관으로서, 전화나 인터넷으로 성상담을 할 수 있다.

서울시립청소년직업체험센터 http://haja.net, 02-2677-9200

간단하게 하자센터로, 연세대학교가 서울시의 위탁을 받아 운영하는 청소년 학습 공간이다. 다양한 문화강좌 프로그램을 진행하고 있으며 대중음악, 영상, 생활디자인, 웹, 시민문화 등의 작업장을 두어 그곳에서 청소년들이 장인들과 함께 지속적인 문화작업을 하면서 자기를 발견하고, 직업을 탐색하도록 한다. 함께 운영하는 하자작업장학교는 맞춤학습, 네트워크에 의한 학습, 작업을 통한 학습 등을 도입한 새로운 도시형 대안학교이다. 서울시민이 아니더라도 참여할 수 있으며, 온라인 활동도 활발하다.

십대, 지금 이 순간도 삶이다

1판 1쇄 발행 2008년 9월 18일
1판 20쇄 발행 2019년 11월 22일

지은이 이영미

발행인 양원석 　**본무장** 김순미 　**편집장** 김건희
해외저작권 최푸름 　**제작** 문태일, 안성현
영업 마케팅 최창규, 김용환, 윤우성, 양정길, 이은혜, 신우섭, 유가형,
　　　　김유정, 임도진, 정문희, 신예은, 유수정, 박소정, 강효경

펴낸 곳 ㈜알에이치코리아
주소 서울시 금천구 가산디지털2로 53, 20층 (가산동, 한라시그마밸리)
편집문의 02-6443-8902 　**구입문의** 02-6443-8838
홈페이지 http://rhk.co.kr
등록 2004년 1월 15일 제2-3726호

© 이영미, 2008, Printed in Seoul, Korea

ISBN 978-89-255-3018-5 (03810)